W0406835

Helmut Schleich · Thomas Merk

Daheim is ned dahoam

Helmut Schleich · Thomas Merk

Daheim is ned dahoam

Bayerische Ein- und Durchblicke

Mit 47 Fotos
von Thomas Merk

Langen*Müller*

MIX
Papier aus verantwortungsvollen Quellen
FSC® C014496

© 2013 Langen*Müller* in der
F. A. Herbig Verlagsbuchhandlung GmbH, München
Alle Rechte vorbehalten
Umschlaggestaltung: Wolfgang Heinzel
unter Verwendung eines Fotos von Thomas Merk
Satz: EDV-Fotosatz Huber/Verlagsservice Pfeifer, Germering
Gesetzt aus: 10,8 pt/13,25 pt Adobe Garamond Pro
Druck und Binden: GGP Media GmbH, Pößneck
Printed in Germany
ISBN 978-3-7844-3321-9

Auch als e book

www.langen-mueller-verlag.de

Inhalt

Auftakt in Bonn

Kaum hat sie ihre Reiseflughöhe erreicht, geht die weiß-rot lackierte Boeing auch schon wieder in den Landeanflug über. Und das ist gut so, denn lange hält man diese post-embryonale Hockhaltung nicht aus, zu der einen die Bestuhlung in diesem eher auf Profitmaximierung denn auf Bequemlichkeit der Reisenden ausgelegten Billigbomber zwingt. Im Magen eine auf arktische Temperaturen heruntergekühlte Laugenstange, in die ein caternder Schlaumeier auf eine vermutlich mehrfach patentierte Weise eine steinhart gefrorene Butterfüllung hinein praktiziert hat, sinken wir in sanfter Abwärtskurve auf den Flughafen Köln-Bonn zu. Drei prall mit Arbeit gefüllte Tage liegen vor uns, an denen wir zusammen mit dem in Bonn ansässigen Regisseur Rainer Pause eine neue Folge unserer Sendung *SchleichFernsehen* entwickeln wollen.
Einmal mehr geben wir uns den ewig gleichen Nach-Landungs-Ritualen hin – sitzen bleiben, bis die Alpha-Männchen aus der Gattung der Vielflieger mit dem Handy am Ohr die Maschine verlassen haben, sich von dem Verabschiedungskomitee an der Flugzeugtür noch einen schönen Tag wünschen lassen, die Koffer von einem stoisch dahinmäandernden grauen Band pflücken und dann den Flughafen verlassen, um uns an der gut hundert Meter langen Schlange Kölner Taxis entlang nach vorne bis zum ersten Wagen zu arbeiten.

Was ist es, das einem hier und in anderen, nicht-bayerischen deutschen Städten sofort das Gefühl gibt, im Ausland zu sein?, fragen wir uns, während der Fahrer unser Gepäck in den Kofferraum des schon ein wenig betagten VW-Passat wuchtet. Der

Konrad-Adenauer-Flughafen hier ist in seiner seelenlosen Hässlichkeit vom Münchner Franz-Josef-Strauß-Airport kaum wegzukennen, die Taxis sind ebenso langweilig cremefarben wie in München, und den türkischen Taxifahrer würde man auch bei uns daheim keinesfalls als fremd empfinden.
Und trotzdem, als wir im Taxi sitzen und auf der Stadtautobahn mit 120 km/h auf Bonn zurasen, beschleicht uns ein Auslandsgefühl, das mindestens so stark ist, als wären wir nicht in Köln, sondern in Rom, Paris oder Madrid gelandet. Wenn nicht stärker.
Der Taxifahrer heute ist weniger redselig als sein Kollege letztes Mal, der uns auf den 25 Kilometern hinüber nach Bonn praktisch ununterbrochen in breitem Kölsch mit krausen Kommentaren zur Stadt- und Weltpolitik zugetextet hatte.
Wir überlegen uns, ob ein Film mit dem Titel »Das Schweigen der Taxifahrer« wohl ein Kassenschlager werden könnte, und nutzen ansonsten die willkommene Gelegenheit, hinten auf der Rückbank unseren Gedanken nachzuhängen. Ein gelbes Ortsschild fliegt vorbei mit der Aufschrift »Bundesstadt Bonn«. Interessante Wortschöpfung, finden wir, mit der man die frühere Bundeshauptstadt auch verbal ent-»haupt«-et hat, ganz gleich, ob das jetzt eine wehmütig-nostalgische Huldigung nach Berlin exilierter Beamter an ihre ehemalige Wirkungsstätte war oder der in eine plumpe Schmeichelei verpackte Herrschaftsanspruch neupreußischer Wichtigtuer. »Rheinland, geh sterben, die Hauptstadt sind jetzt wir!«

Die Stadtautobahn ist inzwischen zu einer mehrspurigen Einfallstraße geworden, deren betongraue Öde sich in nichts von der ihrer Schwestern in Nürnberg, Augsburg oder Passau unterscheidet, aber hier, durch die Brille der Fremdheit betrachtet, fällt uns die erschütternde Einfallslosigkeit deutscher Verkehrsplaner der 60er-Jahre eher auf. Besonders wenn diese Asphalt gewordene Trostlosigkeit auch noch den Namen Franz-Josef-Strauß-Allee trägt. Klar, der Schwabinger Metzgersohn und selbst ernannte Weltpolitiker hatte hier in Bonn jahrzehntelang seine politische Heimat, und trotzdem würde es einen weniger erstaunen, wenn die Straße Patrice-Emery-Lumumba- oder Eyadema-Gnassingbe-Allee hieße – so exotisch fremd kommt uns der sonst so vertraute Name des bayerischen Potentaten in dieser anderen Welt vor. Und als die Franz-Josef-Strauß-Allee schließlich übergangslos zur Petra-Kelly-Allee wird, lässt das ihren Namenspatron in Gestalt von Helmut Schleich sofort lospoltern:

»So eine bodenlose Unverschämtheit, aus mir nach einer Rechtskurve (!) eine linke Friedensaktivistin zu machen! Da hätten sich die mal ein Beispiel an München nehmen sollen, da mündet der Franz-Josef-Strauß-Ring, so wie es sich gehört, in die Von-der-Tann-Straße, und der war immerhin ein bayerischer General, nach dem ein Panzerkreuzer benannt wurde. Aber da ist mir jetzt ein kleiner Fehler unterlaufen, meine sehr verehrten Damen und Herren, da muss ich mich korrigieren: natürlich mündet die Von-der-Tannstraße in den Franz-Josef-Strauß-Ring. So rum wird ein Schuh daraus. Ich danke für Ihre Aufmerksamkeit.«

So weit, so gut, aber eigentlich müsste FJS den Bonner Straßenbenamungsbeamten sogar dankbar sein: Theoretisch hätte die Franz-Josef-Strauß-Allee nämlich auch in eine Rudolf-Augstein-Straße oder einen Helmut-Kohl-Platz münden können, und diese posthume Begegnung mit seinen alten Widersachern würde ihn erst richtig rotieren lassen in seiner Gruft in Rott am Inn.

Aber zurück zu unserem – vielleicht aus der Ursuppe eines bayerischen Gen-Pools stammenden – Fremdheitsgefühl in deutschen Städten oberhalb des Weißwurstäquators. Als der große Vorsitzende Strauß wieder aus ihm ausgefahren ist, erzählt Helmut auf der Rückbank des immer noch durch Bonn fahrenden Taxis, dass er bei Gastspielen im Ruhrgebiet schon oft als »Roter« betituliert wurde. Nicht politisch, nein, fußballmäßig.

Ein »Vizekaiser Franz« sei man, immer mit dem Nachsatz: »Ha, ha, Vize!« Ganz gleich, ob man jetzt wirklich jeden Samstag in der Allianz Arena einer von Boateng bis Ribéry urbayerischen Millionärstruppe zujubelt oder Arien Robben für einen singenden Seehund hält, man wird als Münchner sofort in dieses rote Zwangstrikot gesteckt, und das behält man an, ob man will oder nicht. Trikottausch ausgeschlossen. Aus der Ferne betrachtet schaut halt vieles anders aus.

Oder man steht in der großen Bonner Kabarettbühne Pantheon nach der Vorstellung am Tresen und trinkt ein Mineralwasser. Dann kann man mit einer 50-zu-50-Chance davon ausgehen, dass einen von hinten ein rheinisch-vorlauter Zuschauer anquatscht: »Dat is aber kein bayerisches Jetränk!«. »Klar«, möchte man da am liebsten sagen, »der Bayer säuft von früh bis spät rülpsend Bier in sich hinein, frisst kiloweise Leberkäs, Weißwürste, Knödel und Brezen, wenn er nicht gerade schuhplattelnd in einer Wahlkabine steht und es trotz seiner wilden Verrenkungen immer wieder schafft, sein Kreuzerl bei der richtigen Partei zu machen.«

Manchmal ist es direkt putzig, wie man als bayerischer Kabarettist jenseits der weiß-blauen Grenzpfähle angesehen wird. Da kündigen einen weniger versierte Veranstalter gerne mal in der Presse als »bayerisches Urvieh« an, und so wird man dann auch behandelt: wie ein Prachtexemplar einer sehr seltenen, irgendwie auch vom Aussterben bedrohten Spezies, deren Fortbestand in fremden Lebensräumen man nur durch sorgsam ausgeklügelte, artgerechte Behandlung sichern kann.

»Wollen Se 'n Weizenbier?«, tönt es einem da in einem fort entgegen. »Wir ham auch Brezzel da!« Einmal hieß es sogar: »Unser Fleischer hat extra Weißwürste gemacht!« Fehlt bloß noch, dass einer sich anbietet, aus dem Supermarkt noch rasch eine Dose Bayernfutter holen zu lassen. Und dann gibt es noch die Veranstalter, die Helmut vor dem Auftritt mit stolzgeschwellter Brust in den noch leeren Zuschauerraum führen, den sie extra zu seinen Ehren geschmückt haben wie ein bayerisches Bierzelt – oder sagen wir besser: wie das, was sich ein Nichtbayer unter einem bayerischen Bierzelt vorstellt. Es fehlt nur noch, dass aus dem Lautsprecher in der Garderobe bayerische Blasmusik oder die Wildecker Herzbuben tönen.

Woher kommt diese exotische Sonderbehandlung, die zwar ein großes Erheiterungspotenzial in sich birgt, einen unter dem Strich aber doch eher befremdet? Würden dieselben Veranstalter einen ähnlichen Zirkus aufführen, wenn ein Kabarettist aus Paderborn, Wolfenbüttel oder Magdeburg zu ihnen kommt? Würden sie alles tun, um ihm Garderobe und Bühnensaal in ein Klein-Nordrhein-Westfalen, ein Mini-Niedersachsen oder ein wie auch immer geartetes Sachsen-Anhalt-Biotop zu verwandeln?
Liegt es daran, dass wir Bayern uns nur allzu gerne in unserer Sonderrolle als eigentümlich-schräges Bergvolk am Rande der Alpen sehen, nicht mehr Deutschland, aber auch noch nicht Österreich? Machen wir uns selbst zu den Urviechern, die so fest in ihrer Heimaterde verwurzelt scheinen, dass kein noch so starker Sturm des Zeitgeistes sie wegzublasen vermag? Verwechseln wir, wie manche unserer Landsleute, rustikalen Charme mit Ignoranz und halten alles für bescheuert oder sogar gefährlich, was von außen in die vermeintlich heile Welt unseres Freistaats hineinkommt? Sind wir irgendwo ganz tief in unserem bayerischen Inneren vielleicht alle ein bisschen wie unser Innenminister Herrmann, der sich in einem BR-Interview noch 2011 völlig überrascht darüber gezeigt hat, dass die Verbindungen der Nazi-Terroristen vom Nationalsozialistischen Untergrund »bis nach Bayern hineinreichen«?

Und was ist das überhaupt: Bayern? Besteht es wirklich nur aus kurze Wichs tragenden, leberkäsfressenden Wurzelseppen mit dem BMW-Schlüssel in der Joppentasche, der Blasmusik-Compilation im CD-Spieler und der Bier-Rülps-App auf dem iPhone? Oder aus Gretelzöpfe tragenden, in knallenge und quietschbunte Dirndlgewänder gepressten Trachtenpuppen, die losjodeln, wenn sie einer der Wurzelseppen in den drallen Hintern kneift? Wie wurzelig sind die Wurzelseppen in Franken, Schwaben, der Oberpfalz? Wurzelt es sich da jeweils anders? Und wenn wir Bayern schon überall in der restlichen Bundesrepublik dieses seltsame Fremdheitsgefühl mit uns herumschleppen und von der dortigen Bevölkerung pflichtschuldigst widergespiegelt bekommen, sollten wir da nicht auch einmal unser eigenes Heimatland bereisen und einen Blick aus quasi fremden Augen auf diese weiß-blaue Insel der Seligen werfen?

Vielleicht, so fragen wir uns in diesem Taxi, das die Franz-Josef-Strauß-Allee inzwischen längst hinter sich gelassen hat und nun auf unser Hotel zusteuert, vielleicht sollten wir miteinander ein Buch schreiben. Über Bayern, und ob und vor allem, *wie* man sich im zweiten Jahrzehnt des 21. Jahrhunderts als Eingeborener dieses seltsamen Freistaats fühlt. In einer Zeit, in der einem nicht nur im Fernsehen beinahe täglich versichert wird, dass »Dahoam« »Dahoam« sei, sollte man sich vielleicht einmal fragen, wie daheim man sich in diesem »Dahoam« noch fühlen kann.

Aus diesen Überlegungen ist das vorliegende Buch entstanden. Wir hoffen, Sie haben beim Lesen ebenso viel Spaß wie wir beim Reisen, Recherchieren, Herumblödeln und Schreiben.

München – Daheim in der Hauptstadt der Schnösel

Eine Fußreise ins Herz der Finsternis

»Die Macht der Tracht« steht in großen Lettern über einem bizarr dekorierten Schaufenster, dessen Blickfang die gerahmte Fotografie eines in einen peinlichen Landhausfummel gekleideten Thomas Gottschalk ist. Nicht weit entfernt ein mediterran angehauchtes Einrichtungsgeschäft, ein südfranzösischer Weinladen, ein »4beiner« genannter Feinkostladen für Haustiere, der ab 70 Euro Bestellwert frei Haus liefert, ein Spezialbüro für Asienreisen, ein auf Hochglanz gestyltes Blumengeschäft. Alles, was der Neuschwabinger so braucht.

Stadtgeografie in Schwabing-West – wollte man einen Atlas der Verschnöselung kartieren, wäre man hier genau richtig. Wie heißen hier heute die Bäckereien? Nicht mehr Tumblinger oder Seidl, sondern »Douceurs de France« oder »Backspielhaus«, aber hier hockt auch da, wo früher jahrzehntelang ein türkischer Supermarkt war, seit ein paar Monaten ein geschniegelter Friseur- und Beautysalon mit stylish nachgemachten griechischen Statuen im Schaufenster. Der türkische Supermarkt wurde in eine jener Seitenstraßen abgedrängt, die es gottlob noch gibt und in denen man nach längerer Suche auch noch soziale Biotope wie die letzten Bierstüberl oder einen »Schlürfi«-Getränkemarkt findet, der mit seinem wie die Ausstellungsvitrine eines Wein- und Schnapsflaschenmuseums anmutenden Schaufenster jederzeit der BR-Serie *Spezlwirtschaft* als Drehort hätte dienen können.

Trachtler 21

Vor zehn Minuten sind wir aufgebrochen in der Nähe des Luitpoldparks, wo wir beide wohnen, und durchqueren auf dem Weg in die Innenstadt unser heimatliches Schwabing-West. Ein Viertel, entstanden vor über hundert Jahren, als in der Gründerzeit die erste Welle der Gentrifizierung über Schwabing hinweggerollt ist. Mit Häusern, die an Schiffe oder aufeinandergestapelte Ritterburgen erinnern und deren Architekten über das Ganze noch einen Sack voller Steingesichter, Engelsputten, Wilde Männer und Jugendstilornamente gekippt haben. Dazwischen die architektonischen Plattitüden der frühen Nachkriegszeit. Eines der eher stilvolleren Exemplare dieser Gattung ist das Haus Savoy mit seinem schwungvollen 50er-Jahre-Schriftzug, der heute seltsamerweise irgendwie altertümlicher wirkt als die überbordenden Dekorationen an den Gründerzeitpalästen ringsum. Das Savoy ist in die Annalen des Viertels eingegangen als Münchens erstes Appartementhaus: 1949 von einer schillernden Figur namens Adi Vogel auf den Trümmern

eines zerbombten Wohnhauses erbaut, glänzte es mit Statussymbolen wie einer Portierloge im Erdgeschoss und einem eigenen Dienstmädchen für jede Etage.
Kein Wunder, dass das Savoy eine Zeit lang für gewisse Kreise eines der angesagtesten Quartiere der Stadt war, und auch nach seiner Blütezeit in den 60er- und 70er-Jahren galt es noch als Treffpunkt für die Prominenz. Bernd Eichinger hatte im Hinterhof seine erste Filmfirma, Arnold Schwarzenegger, Hildegard Knef, Alexander Kluge und der unvermeidliche Franz Josef Strauß gingen beim Edel-Italiener im Souterrain ein und aus (aber bei welchem Edel-Italiener in München ging FJS eigentlich nicht ein und aus?). Während man im Untergeschoss Lasagne al forno als letzten Schrei italienischer Küchenkunst feierte, machte sich oben im 5. Stock eine nach dem Krieg verarmte Leni Riefenstahl auf einem Esbit-Kocher ihr Süppchen warm und trauerte alten Zeiten nach, in denen sie eine ganze Nation für ihre unter der Patronage von Adolf Hitler gedrehten Reichsparteitags- und Olympia-Streifen feierte.

Gespenster der Vergangenheit, auch in der nahen Schellingstraße. Spurensuche nach der Metzgerei Strauß, dem Wirkungsort des Vaters eines berühmten Sohnes in der Schellingstraße 49. Aber dort, wo der kleine Franz Josef dem Papa beim Wursteln half, ist nichts … neben dem Schild mit der 47 kommt sofort die 51, die Nummer 49 ist spurlos verschwunden. Ist sie zusammen mit FJS zum Himmel aufgefahren? Wurde sie vom Erdboden verschluckt, als er das Zeitliche segnete?
Sehr substanziell vorhanden ist noch der Schellingsalon, in dem der spätere Atomminister seinem Vater an der Gassenschänke das Bier holte und in dem Adolf Hitler, einstmals Stammgast, angeblich Hausverbot bekam, weil er zu häufig seine Zeche schuldig blieb. Heute hat der »Salon« Ruhetag. Das verkünden zugezogene Rautenvorhänge in den Münchner Farben Schwarz und Gelb, die der Globaldepp von heute vermutlich für einen Fehldruck der bayerischen Landesflagge hält.

Leberkäs für Adolf Hitler?

Ach, übrigens, Preisfrage: Was war in der Schellingstraße 50, schräg gegenüber von der Metzgerei Strauß? Die erste Parteizentrale der NSDAP, bevor sie ins Braune Haus an der Briennerstraße verlegt wurde, und außerdem das Atelier von Hitlers Leibfotografen Heinrich Hoffmann, in dem er 1929 dessen Angestellte Eva Braun kennenlernte.

»Da kommt der Chef herein und mit ihm ein Herr von gewissem Alter mit einem komischen Bart und einem hellen englischen Mantel, einen großen Filzhut in der Hand«, schreibt die spätere Hitlergattin in ihren Memoiren. »Ich schiele zu ihm hinüber und merke, dass der Mann auf meine Beine schaut. Hoffmann stellt vor: ›Herr Wolf – unser braves, kleines Fräulein Braun. Eva, hol uns aus der Gastwirtschaft an der Ecke Bier und Leberkäs.‹«

Leberkäs? Für den Vegetarier Hitler? Womöglich noch aus der Metzgerei Strauß? Fragen über Fragen …

Wir verlassen die Schellingstraße – in der auch der *Völkische Beobachter* und *Mein Kampf* gedruckt wurden – und wandern weiter zum Alten Nördlichen Friedhof. Dort werden wir schon bei der Annäherung an den aufgelassenen Gottesacker von ein paar Männern angegiftet, die, in dicke Jacken gehüllt, große, hölzerne Schachfiguren über ein steinernes Spielbrett schieben. »Was wollts ihr mit der Kamera?« Bestimmt nicht eure Daunenwänste fotografieren, eher die Graffiti, die jemand an die rotbraunen Backsteinwände des Friedhofs gesprüht hat – in diesem geschleckten Viertel eine Seltenheit, die dokumentiert gehört.

Ein gut 70-jähriger, weißbärtiger Radfahrer surrt gefährlich nahe an uns vorbei, freihändig zirkelt er sein hochmodernes Mountainbike über das vom Herbstlaub glitschige Kopfsteinpflaster. Drinnen im Friedhof schälen sich Jogger aus dem zwischen den Gräbern aufsteigenden Nebel, ziehen splittknirschend ihre ewig gleichen Runden, während ihre von Sensoren in den Laufschuhen gesteuerten Smartphones jede Kalorie aufzeichnen, die sie zwischen den verwitterten Grabsteinen verbrennen.

Hinter ihnen dämmert das alte München, das alte Bayern, dem Verfall entgegen. Grabmonumente mit den Büsten bedeutend dreinblickender Männer, deren Namen auf dem Stein darunter so verwittert sind, dass man sie nicht mehr lesen kann. Statuen von weinenden Müttern und traurigen Engeln, denen jemand schon vor langer Zeit die Flügel abgebrochen hat. Auf einem Grabstein erahnt man noch einen Raupenhelm, die Kopfbedeckung der bayerischen Armee, bevor ihr 1896 die preußische Pickelhaube verordnet wurde – erodiert, rundgeschliffen vom Zahn der Zeit und dem sauren Regen, ebenso wie der Obelisk mit der fast lebensgroßen Erinnye davor. Von ihrer Hand, die früher einen Griffel hielt, ist nur noch ein moosbewachsener Stummel übrig, der in uns sofort die Frage aufkeimen lässt, ob auf diesem aufgelassenen Gottesacker inzwischen vielleicht islamistische Fundamentalisten ihr Unwesen treiben.

Hat diese Frau gestohlen?

Inmitten dieser bröselnden Vergangenheit kommen einem die von der Stadt aufgestellten Informations-Stelen aus Edelstahl vor, als hätten sie irgendwelche Außerirdischen hier hingepflanzt. Sie enthalten eine ziemlich kurze Aufzählung dessen, was auf dem ehemaligen Gottesacker erlaubt ist (Joggen auf den Wegen und das Verweilen auf den Rasenflächen), gefolgt von einer ellenlangen Liste von Verboten und dem Satz: »Die parkähnliche Friedhofsnutzung spiegelt das Münchner Lebensgefühl wider …« Wie wahr, kann man da nur beipflichtend sagen.

Wir verlassen den Friedhof am Ausgang Arcisstraße, vorbei an einem Altglascontainer, vor dem ein Mann in karierter Holzfällerjacke steht. Er hat eine russisch anmutende Pelzmütze auf dem Kopf und die Hand am Lenker eines mit prall gefüllten Plastiktüten behängten Fahrrads. Wir sind uns sicher, dass er, sobald wir an ihm vorbei sind, mit irgendeinem selbst gebastelten Instrument in den Containern nach versehentlich eingeworfenen Pfandflaschen stochern wird. So geschleckt diese Maxvorstadt, in die wir inzwischen hinüber gewandert sind, auch ist, hin und wieder sieht man selbst hier Menschen im Vorbeigehen einen prüfenden Finger ins Geldrückgabefach eines Parkautomaten stecken, einen Blick in einen der wenigen verbliebenen öffentlichen Papierkörbe werfen, auf der Straße zwischen den Semmelpanzern vom Typ Porsche Cayenne und BMW X5 sich rasch bücken und etwas aufheben, das die Bewohner der zu den Edelkarossen gehörenden Luxusquartiere nicht einmal bemerken würden. In dieser Stadt, so stellen wir fest, ist kein Platz mehr für die Armen und die Alten, aber irgendwie sind sie trotzdem noch da.

Die Arcisstraße entlang, vorbei an frisch renovierten 60er-Jahre-Kästen mit Videokameras über den Eingängen, die jedem Hochsicherheitsgefängnis zur Ehre gereichen würden, und millionenteuren Pinakotheken, die schon ein paar Jahre nach ihrer Eröffnung zu betonbröckelnden Kulturgräbern werden.
Natürlich war das hier nie ein armes Viertel. Schon damals nicht, als Ludwig I. sich mit dem Königsplatz seinen hellenistischen Themenpark auf die grüne Wiese stellte, diese Möchtegern-Akropolis am Rand einer verständnislos den Kopf schüttelnden Stadt. Seinem Beispiel folgten – vom König mit sanftem Zwang genötigt – die Schnösel des 19. Jahrhunderts und errichteten ihre Malervillen und Geldpaläste, und einige Jahrzehnte später verunstalteten die in München groß gewordenen Nazis den Königsplatz mit pseudo-klassizistischen Ehrentempeln und machten ihn zum Aufmarschgelände ihrer braunen Kohorten.

Hinüber zum Karolinenplatz mit seinem schwarzen, an Tausende tote Bayern in Napoleons Russlandfeldzug erinnernden Obelisken, kreisrund umstanden von den Gebäuden der staatlichen Lotteriebehörde, des bayerischen Müllerbunds und dem nur noch mit einer Gnadenfrist versehenen Amerika Haus. An der Zentrale

des Sparkassenverbandes tut der Bayer gerade mal wieder das, was er am liebsten tut: Er baut. Beziehungsweise er lässt bauen, vorzugsweise von osteuropäischen Akkordarbeitern, die im 21. Jahrhundert dafür sorgen, dass das Feuchtwanger'sche München-Motto »Bauen, brauen, sauen« nicht in Vergessenheit gerät.
Nun sieht München in weiten Teilen ja jetzt schon so geschleckt aus, dass man sich bisweilen als der erste Benutzer einer vor ein paar Tagen neu eröffneten Stadt fühlt, und trotzdem findet man offenbar immer wieder etwas, das man noch schöner, noch moderner, noch wertiger machen könnte. Im Fall der Sparkasse sind dazu offenbar irgendwelche unglaublich langen Rohre nötig, mit denen ein stattlicher Autokran gerade seine liebe Mühe hat. Das Bizarre an dieser Baustelle ist, dass die Zufahrt zum hinteren Teil des Grundstücks so keimfrei-sauber mit einer weißen Plane ausgelegt ist, als ginge es darum, eine Operation am offenen Herzen vorzunehmen. Nicht auszudenken, welcher Imageschaden entstehen könnte, wenn das Straßenpflaster vor der Bankzentrale schmutzig würde …

Auch an der Max Joseph Straße, auf der wir uns jetzt der alten Stadtgrenze nähern, regiert das Geld in fetten Bauten. Hedgefonds haben hier ihre protzigen Büros, im hell erleuchteten Glasfoyer von BlackRock Investments entdecken wir eine Vitrine voller Statuetten und Pokale, von denen wir aus der Ferne nur vermuten können, welchen Preis sie symbolisieren sollen. Den »Goldenen Entmieter 2009«? Die »Gefräßige Heuschrecke 2011«?

Wir kommen zum Maximiliansplatz, dieser lang gezogenen grünen Oase mitten in der Stadt, sechsspurig umspült vom Autoverkehr. Die Statuen von Goethe und Schiller und der Wittelsbacherbrunnen sind schon im winterlichen Holzmantel verschwunden, das schütter werdende Laub der Bäume ist herbstlich gelb und braun.

Alles wird gut

Dahinter beginnt die Innenstadt. Mit einem schwedischen Edeleinrichter namens »carpe diem«, der »Geschäftszeiten nach Vereinbarung« hat, der Zentrale der von Stoiber nach Italien verschacherten Vereinsbank, dem Erzbischöflichen Palais … hier riecht es förmlich nach Geld und Macht.
Hinüber zu den Fünf Höfen, über deren Eingang schon ein kalt leuchtender LED-Engel an der Wand hängt. Im Café der Hypo-Kunsthalle beugen sich alte Damen über kleine Tische, Hüte auf den Köpfen, die sie auch beim konzentrierten Hineinschaufeln von Apfelstrudel (zusammen mit einer Tasse Kaffee heute im Angebot) nicht abnehmen.

Wir verlassen die Fünf Höfe auf der anderen Seite, gehen hinüber zur Oper. Die Residenzpost, ein frisch aufgehübschtes, vor Kurzem von einem russischen Milliardär aufgekauftes ehemaliges Postamt, entblättert sich gerade seines Baugerüsts. Osteuropäische Bauarbeiter ziehen aus, Louis Vuitton zieht demnächst ein. Und Gastronomie natürlich. Leichte kalifornische Küche wird versprochen – was auch immer das sein mag. Ganz oben, wo früher die Fräulein vom Fernamt Telefonverbindungen stöpselten, sind jetzt Wohnungen entstanden, 50 Euro Monatsmiete pro Quadratmeter – man darf gespannt sein, was für ein geldiges Gschwerl so ein Angebot wieder anzieht. In den Nymphenburger Höfen – was hat die Stadt eigentlich mit diesen Höfen? – , einem ähnlichen Neureichen-Areal auf dem ehemaligen Produktionsgelände des längst an einen amerikanischen Konzern verscherbelten Löwenbräu, beschweren sich schon einige Erstbezugsschnösel, dass ihnen die Hochglanzprospekte ein urbanes Wohngefühl inmitten des pulsierenden Lebens der Maxvorstadt versprochen hätten und sie nun ein überteuertes Geisterhaus bewohnten.

Ja mei, kann man da nur sagen, es gibt halt immer jemanden, der noch reicher ist als man selbst und der sich das Penthouse mit Alpenblick als Drittwohnung mal schnell aus der Portokasse kauft, um zweimal im Jahr auf der Maximilianstraße gepflegt shoppen zu gehen, und es den Rest des Jahres leer stehen lässt.

Vorbei an der Oper tröpfeln wir in die Residenz, ebenfalls eine sich gerade häutende Baustelle, die in diesem Zustand aussieht wie nach dem Krieg. Bauzäune fallen, Schutt liegt herum. Ein paar Tage, vielleicht nur ein paar Stunden, dann ist auch hier wieder alles blitzsauber.

»Jou, kuck ma rein«, sagt uns ein hanseatisch schnarrender Bauarbeiter im Vorübergehen. »Das siehste hier so schnell nicht wieder.«

Auf einen Bauzaun im Inneren der Residenz sind bayerische Herrscher aus vielen Jahrhunderten gepinselt, von König Ludwig III. geht die Reise zurück in die Vergangenheit, bis sie bei Herzog Wilhelm anlangt, einem etwas mitgenommen dreinschauenden Wittelsbacher, der 1516 das bayerische, von Beck's & Co längst als das »deutsche« reklamierte Reinheitsgebot erlassen hat.

»Das siehste hier so schnell nicht wieder«

Wir stellen uns vor, wie es wohl zu diesem Reinheitsgebot gekommen ist, eines Morgens in der Münchner Residenz, in jenem Frühjahr 1516 und sofort erfinden wir eine kleine Kabarettnummer mit einem versoffenen Herzog und seinem fürsorglichen Lakaien (siehe Zwischenstopp Kabarett).

Eigentlich wär's eine schöne Zeit für München, dieser langsam sich dem Ende zuneigende November mit seiner Kälte, seinem Nebel, seiner unverschämt früh hereinbrechenden Dunkelheit. Die Straßen rings um die Residenz sind – eine Seltenheit – fast ausgestorben. Erst jetzt, wenn sich das an Franziskaner, Manufactum und Dallmayr vorbeiziehende internationale Touristen- und Profishopper-Völkchen witterungsbedingt ausgedünnt hat, kriegt man wieder ein Gefühl dafür, wie diese Stadt noch vor ein paar Jahrzehnten war – ruhiger, weniger hip, irgendwie »normal«.
Aber lange wird das nicht so bleiben. In den Höfen der Residenz stellen bereits große Kräne in Fertigteilen angelieferte Christ-

kindlmarkt-Buden auf, mit Fässern, auf denen »Heidelbeerglühwein« und »Eierpunsch« steht, und in der Mitte des Ganzen hockt eine ins Gigantische aufgeblasene Nachbildung eines Kerzenwärme-Drehrads aus dem Erzgebirge, ein Kitschmonster, das mit seinem Holzpropeller wie ein Helikopter-Albtraum von Daniel Düsentrieb aussieht. In spätestens einer Woche werden sich hier mit Dallmayr-Tüten bepackte Vorweihnachtszombies gegenseitig irgendein pappsüßes Horror-Gebräu über die Designer-Klamotten schütten.
Warum, so fragen wir uns, kann man in dieser Stadt nicht wenigstens ein paar Wochen im Jahr a Ruah geben? Warum müssen überall und zu jeder Zeit, sommers wie winters, irgendwelche Buden und Bühnen aufgebaut werden, warum muss die Stadt mit Klassikkonzerten und Freilichtkino beschallt und mit Hamburger Fischmarkt, Energiesparmeilen, künstlichen Skiabfahrten und mobilen Eislaufbahnen bespaßt werden, ganz zu schweigen von bombastischen Feiern zum Tag der Deutschen Einheit? Warum kann es nicht öfter so still sein wie jetzt im Hofgarten, wo Kälte und Dunkelheit Boule-Spieler und Tangotänzer wenigstens temporär vertrieben haben?
Wir schreiten auf knirschenden, finsteren Wegen, wo dereinst Könige und ihre Gäste gelustwandelt sind, hinüber zu dem kleinen Pavillon mit seinen Muschelfresken, jetzt nur eine rundliche Silhouette vor dem Nachthimmel. Kein Mensch begegnet uns, nur ein strawanzender Hund, der weder uns noch die Rufe seines weit entfernten Frauchens beachtet.
Wie ein breiter Riegel liegt die Staatskanzlei direkt vor uns, ein Gebäude, groß genug, um von dort aus ein ganzes Weltreich zu regieren. Im Turmstüberl hoch oben in der Kuppel ist noch Licht. Ob da jetzt der Seehofer sitzt und sich wieder eine seiner schrulligen Wetterhahn-Kapriolen zusammendrechselt? Befindet sich dort oben am Ende sogar das Zirbelstüberl, das sich Franz Josef Strauß' direkter Nachfolger Max Streibl dem Vernehmen nach in die Staatskanzlei hat einbauen lassen?

Im Intrigantenstüberl brennt noch Licht

Strauß selber hat sich mit Zirbelstüberln nicht abgegeben. Der wollte seiner Staatskanzlei noch riesige Seitenflügel anbauen lassen, gegen die König Ludwigs Herrenchiemsee selbst in seiner größten Ausbaustufe wie ein Kinderschloss aus Lego-Bausteinen gewirkt hätte. *Einen Flügel für den Max, einen für die Monika, ich hocke im Hauptbau, und für den Franz Georg werden wir auch noch was finden.* Vielleicht ist das Flügelanbauen bei bayerischen Herrschern eines der ersten Symptome dafür, dass sie langsam dem Größenwahn anheimfallen.

Die Rückfahrt nach Schwabing machen wir mit einer Trambahn, die so voll ist wie ein Überlandbus in der Dritten Welt. Bis auf den letzten Platz besetzt, sodass wir Mühe haben, uns zusätzlich hineinzuquetschen. Fehlt nur noch, dass Fahrgäste oben auf dem Dach sitzen. Aber wir brauchen das Geld in dieser Stadt ja für was anderes, oder etwa nicht?

Zwischenstopp Kabarett:

Die Wahrheit über das Reinheitsgebot

(Ankleidezimmer des Herzogs. Eine Tapetentür fliegt auf, der Herzog stolpert herein, verkatert.)

HERZOG WILHELM: Eieieieieieiei.
Ouououououou.
Was war denn des gestern wieder?? Ich hätt des einundzwanzigste Bier weglassen sollen! Ein Hagebuttenbier. Wer sauft denn so was!
LAKAI: Majestät, woll'n ma a Supperl, des richt' Eana z'samm …
HERZOG WILHELM: Hör mir auf, wenn ich jetzt was iss, dann speib ich gleich!
LAKAI: Aber Majestät ham ja an Termin. Der hochwürdige Herr Fürstbischof aus Freising kommt gleich.
HERZOG WILHELM: So wie der gestern Abend beieinand war, kommt der nicht vor Mittag. Außerdem war des Zeug ja aus seiner Brauerei!
LAKAI: Aber die Regierungsgeschäfte, Majestät …
HERZOG WILHELM: Ja, da kannst gleich einmal aufschreiben: Wer mir noch einmal einen Rausch ins Bier tut, wird fürderhin bestraft. Schreib auf: Ins Bier darf nur noch reiner Alkohol! Ich erlasse ein Reinheitsgebot. So was wie die fürstbischöfliche Hagebuttenbrühe gestern, des passiert mir nicht noch einmal!
LAKAI: Aber reiner Alkohol, dann wird's ja noch ärger, was zum Abfedern braucht's schon …
HERZOG WILHELM: Abfedern, sehr gut. Dann tuts Federn nei ins Bier, Huhn, Gans, Ente, mir wurscht, Hauptsache, koan Rausch mehr – ouououou, hab ich einen Schädel auf!

LAKAI: Soll ich Majestät ein Glaserl Milch bringen, solche von der frommen Denkungsart?
HERZOG WILHELM: Da pappt's mir ja den Magen z'samm! Ins Bier muss was rein gegen den Kater, direkt rein ins Bier.
LAKAI: Eine Gerste vielleicht? Oder Malz? Wasser??
HERZOG WILHELM: Wasser, genau, des is gut, ich hab an Brand, ich könnt an ganzen See aussaufen …
LAKAI: Also, Gerste, Malz, Wasser. Hopfen?
HERZOG WILHELM: Was – Hopfen? Des bittere Zeug!?
LAKAI: Mei, mal was anderes!
HERZOG WILHELM: Gut. Hopfen. Gerste, Malz, Wasser. Und Aspirin.
LAKAI: Was??
HERZOG WILHELM: Aspirin. Des san so kleine Kopfwehtabletten.
LAKAI: Geh, jetzt kommen S' in Schmarrn nei. Tabletten gegen Kopfweh – so was gibt's doch gar nicht.
HERZOG WILHELM: Ned? Ich sag ja, des z'sammgepanschte Bier macht einen völlig blöd! Ich glaub, ich muss mich noch amal hinlegen. *(ab)*
LAKAI: Aspirin, des muss ich mir aufschreiben! Auf was er alles kommt, der Majestät …

Unvermeidlich: Die Wiesn

Klar, dass man in einem Kapitel über München auch etwas über die Wiesn schreiben muss, über jenes in aller Welt so überaus geschätzte Oktoberfest, von dem der größte Teil im September stattfindet und das die Stadt jedes Jahr 16 Tage lang heimsucht wie ein ihr von Gott – oder doch nur von einem König? – auferlegtes Schicksal.
Im Leben eines jeden Münchners spielt die Wiesn eine Rolle, es fragt sich bloß, ob es eine Haupt- oder eine Nebenrolle ist, eine Rolle in einem Heimatfilm oder in einem Psycho-Drama, die Rolle des strahlenden, jugendlichen Helden oder des finsteren Bösewichts. Für manche, und das sind nicht wenige, wechselt sie im Laufe eines Münchner Lebens auch das Rollenfach. Vom Helden zum Bösewicht oder vice versa.
Eine Meinung zur Wiesn zu haben ist ein Muss in München. Wer keine hat, der sollte eine baldige Auswanderung in Erwägung ziehen.
»Warst schon auf der Wiesn?«, dürfte Ende September, Anfang Oktober eine der am meisten gestellten Fragen in der Stadt sein, und die Antwort darauf bewegt sich in einem breiten Spektrum, von einem »Ja, schon zehn Mal, und ich geh grad wieder hin« bis zu einem »Wennst no oa moi des Wort Wiesn sagst, dann fangst oane«.

Um unseren Lesern wenigstens einen kleinen Ausschnitt aus der hunderttausendfachen Vielfalt unterschiedlicher Wiesn-Meinungen zu geben, haben wir uns entschlossen, in diesem Kapitel unser Prinzip des gemeinsamen Schreibens aufzugeben und ein jeder für sich sein ganz persönliches Wiesn-Statement abzugeben. Thomas als gebürtiger Münchner und Helmut als leidenschaftlicher Wahlmünchner, der seit vier Jahrzehnten in dieser Stadt lebt, sie liebt und unter ihr leidet.

»Die Wiesen« – das ist Mehrzahl, oder?

von Helmut Schleich

Privatfernsehen. Eine katzenbergereske Bumskuh, alles andere wäre unangebrachte Schönfärberei, verliest das, was sie in Verkennung jeder Realität Nachrichten nennen.
»In München begann mit dem Ausruf ›O'zapft is‹ das traditionelle Oktoberfest.«
Das »Is« spricht sie amerikanisch aus. »*Iiis*.« Und man sieht ihr an, dass sie sich dabei, in Verkennung ihrer nachrichtensprecherischen Neutralitätspflicht, chic und dazugehörig vorkommt.
Nicht »ich kann Bairisch« heißt ihr Subtext, sondern »ich kenne alle Partys dieser Welt«. Wie bescheuert, denke ich mir, und tituliere sie in meinem Wohnzimmer vor dem Fernseher lauthals so wie oben. Wenn man keine Ahnung hat, dann hält man die Klappe oder liest zumindest nicht die Nachrichten vor.
»O'zapft is« heißt das, das ist bairisch für »angezapft ist« – wie kann man das nicht wissen, wenn man übers Oktoberfest berichtet!? Ich rege mich immer mehr auf. Mich reinsteigern, das kann ich wie kein Zweiter.
So sind sie, die ganzen Neumünchner Schnösel und Arschgesichter, die das ganze Jahr davon leben, Leute zu bescheißen oder Waffen zu bauen, um dann einmal im Jahr in Gaudiuniform – das sind zurzeit lila-weiß kariertes Hemd und Lederhose – auf »den Wiesen«, wie sie sich ausdrücken, die Sau rauszulassen, bis ihnen ihre schwarz geränderten Designerbrillen vom Deppenschädel fallen.
Wenn sie es nur täten …
Schon wie sie die Bierzelte betreten. »Wir haben gebucht«, so drücken sie aus, dass sie einen Tisch reserviert haben. Einer alten Münchner Tradition folgend schon im Januar. Das haben sie schnell begriffen, schließlich wirkt ein Tisch auf »den Wiesen« da, von wo sie abstammen, mancherorts wie ein bajuwarischer Ritterschlag.

»Wir haben gebucht«, so denken sie auch. Ein fünfstündiger All-inclusive-Aufenthalt, Getränke gehen extra. Oktoberfest-Autisten, die schon auf der Bierbank stehen, bevor die »Band«, wie sie es nennen, den ersten Ton gespielt hat.
Wenn Damen dabei sind, dann haben die sich vorher noch ein »Dürndl« gekauft, eines mit Tüll und Seide, für die Wiesn definitiv zu viel des Guten, und wehe, da kommt ein Fleck drauf. Den Kontakt mit Unbekannten vermeiden sie schon daher strikt, was heißt hier »Volksfest«?
Ein Muss sind »die Wiesen«, glücklicherweise mit Internetanschluss, sodass man seinen Aufenthalt auch gleich auf Facebook dokumentieren kann. Und durchreglementiert wie ein Nato-Gipfel.
Einlasskontrollen, Armbändchen zur Wiedererkennung, Raucherkäfige für Nikotinsüchtige, was immer dann besonders bizarr wird, wenn einer mit Zigarre kommt. Das war doch bis vor einigen Jahren die Krönung des bayerischen Bierzeltbesuches, bei einer adretten Bauchladen-Verkäuferin eine Zigarre zu erstehen und sie dann einem Fabrikschlot gleich wegzupaffen. Aber wir leben in einer blitzblanken Zeit, also ab in den Käfig. Das wäre es überhaupt – alles auf »den Wiesen« in Käfige zu packen, Trinker, Schläger, Kinder, Frauen, Promis, Japaner, nur die Hendl nicht, die müssen unbedingt frei laufend sein, schließlich setzen »die Wiesen« seit Jahren Öko-Standards! Mülltrennung, Zweitverwendung des Wassers zur Krug-Spülung in den Toiletten (oder war's umgekehrt?). Toll. Das ist kein echtes Fest, auf dem der Deutsche nicht sein erotisches Verhältnis zum Müll ausleben kann … »Die Wiesen« als Zoo und die Münchner als Besucher.
Für die Trachtler gibt es einen solchen Zoo ja seit ein paar Jahren. Gegen drei Euro Eintritt kann man sich dort, durch einen Zaun geschützt vor der globalisierten Saufveranstaltung, eine andere Wiesn geben. In Verkennung jeglicher chronologischer Grundbegriffe hat man sie »Oide Wiesn« genannt. Das ist die Kapitulation des bayerischen vor dem eigenen Nationalrausch.

In der Tat muss man mittlerweile offenbar ein zweites Oktoberfest ausrichten, ein neues, gegen Eintritt, um dem Ganzen noch einen Hauch von münchnerischem Anstrich zu verleihen.
»Die Wiesen« – das ist übrigens der Neumünchner Plural, ich musste mich auch schon von Schnösels belehren lassen, dass, wenn »die Wiesn« Einzahl wäre, dann müsste es ja schließlich »Wiese« heißen.
Die Schilder »Zur Fest-Wiese« in den U-Bahnhöfen hat die Stadt München seit 2009 entfernt, angeblich, weil sie bei vielen Neumünchnern die Frage hervorriefen: »Und wo geht's zum Oktoberfest?« …

Exzesse bitte!

von Thomas Merk

Ich gestehe es lieber gleich freiwillig: Auch wenn ich mich als Eingeborener nicht direkt zu den Neumünchner Schnöseln zählen würde, kann ich die Sache mit dem Wiesn-Plural nur von ganzem Herzen unterschreiben. Es gibt nämlich für mich nicht eine Wiesn, sondern viele unterschiedliche. So viele, dass man sämtliche Kühe Oberbayerns drauf weiden lassen könnte – wäre denn die Theresienwiese das, was ihr Name suggeriert, und nicht die triste, platte Asphaltwüste mit ein paar kümmerlichen Grasresten, als die sie sich uns Münchnern elfeinhalb Monate im Jahr präsentiert.
Meine erste Wiesn, die ich noch aus der Ferne miterlebt habe, hatte die Form einer ziemlich lädierten Schulter, mit der mein Vater an einem Sonntagmorgen im September am familiären Frühstückstisch erschien. Mein Vater, ein zutiefst friedlicher Mann, war am Abend zuvor in eine Bierzeltschlägerei geraten – so was war damals noch an der Tagesordnung, denn es gab noch keine Bierbänke in den Zelten, sondern Tische und Stühle, deren Beine man ruckzuck in baseballschlägerartige Waffen verwandeln konnte. Die Masskrüge hatten noch keine

Sollbruch-Kerben an den Henkeln, was sich Jahr für Jahr in einer ganzen Reihe von Oktoberfest bedingten Schädelverletzungen niederschlug. Die lädierte Schulter meines Vaters war da eher eine leichte Verletzung im Wiesnkampf, über die er sich als Schlichter zwischen rauschbefeuerten Kampfhähnen nicht beschweren durfte – »Was muaßt dich denn auch einmischn?«. Aber ich als kleiner Bub, der noch nicht mit auf die Wiesn durfte, hatte bis zum Ende des Oktoberfests große Angst um ihn.

Bald kamen dann erste eigene Wiesnerlebnisse. Ich sah fasziniert meinem Großvater zu, wie er mit einem umständlichen Ritual das Virginier-Rauchen zelebrierte: Büffelgrashalm aus der langen, leicht krummen Zigarre ziehen, genüsslich am Tabak schnuppern, die Virginier umständlich anzünden und sie dann mit langsamen, bedächtigen Zügen eine gefühlte Ewigkeit lang rauchen. Ich stapfte an der Hand meiner Mutter an verlockenden Schaubuden vorbei, für die ich »noch zu klein« war – dabei hätte mich doch brennend interessiert, wie die eine Frau zwei Köpfe und die andere keinen Unterleib haben konnte. In die »Traumstadt Liliput«, wo man in mit winzigen Möbeln ausstaffierten Zirkuswagen kleine Menschen anschauen konnte, die einfach nur dasaßen und irgendwelche banalen Dinge taten, durfte ich hingegen schon hinein. Noch Wochen später waren mein Bruder und ich uns einig, dass diese Liliputaner das große Los gezogen hatten. So klein wie wir und doch schon erwachsen zu sein und dann auch noch auf dem Oktoberfest wohnen zu dürfen, mitten in einer Welt, die für uns vornehmlich ein real gewordenes Schlaraffenland aus Magenbrot, gebrannten Mandeln und türkischem Honig war.

Der nächste Wiesnsplitter: als junger Erwachsener, den Motorradführerschein seit ein paar Monaten in den Händen, in einem halb leeren Zelt vor einer Mass Märzenbier, dessen Rückstände den Krug am Tisch kleben ließen. Hätte es damals das Wort

»uncool« schon gegeben, dann hätte es auf die Wiesn hundertfünfzigprozentig zugetroffen. Aber genau das war es, was uns anzog, diese spießige, muffige, angestaubte Wunderwelt eines irgendwie ins Abseits geratenen Volksfestes, für das jeder halbwegs hippe Mensch nur ein müdes Lächeln übrighatte. Es gab zu dieser Zeit auch noch keine Invasionen italienischer Wohnmobile, und wer auf der Wiesn Tracht trug, war entweder ein Hinterwäldler vom Land oder nicht ganz richtig im Kopf.

Ich weiß noch, dass ich bei diesem Wiesnbesuch mein Motorrad, eine alte Horex Regina, für eine lächerliche Summe aus einem Hinterhof herausgekauft – deutsche Motorräder aus den 50er-Jahren waren damals mindestens so out wie Wiesnbesuche –, unter einem Werbeplakat für Zigaretten abgestellt hatte, und als ich nach der Wiesn wieder damit nach Hause fahren wollte, war es zu meinem Entsetzen nicht mehr da. Geklaut? Von der Polizei weggebracht, weil auf dem Gehsteig abgestellt? Was machte man damals in so einem Fall? Man marschierte mit zwei Mass intus zurück auf die Wiesn, schnurstracks in den Behördenhof, der zu der Zeit noch keiner belagerten Festung glich, und fragte in der Amtsstube einen Polizisten, ob seine Kollegen vielleicht eine Horex abgeschleppt hätten. Und der Polizist antwortete, nachdem er sich über Funk vergewissert hatte, dass das nicht der Fall wäre, nur: »Du hast a Horex? Verkaffst du de?« Zu einer Antwort kam ich nicht mehr, denn in diesem Augenblick brachten zwei in schwarze Lederjacken gekleidete Kollegen einen heftig aus der Nase blutenden Mann und dessen Frau herein, die, kaum war sie auf der Wache, mit einem kleinen Regenschirm auf die Polizisten einzuprügeln begann. Der blutige Mann brüllte los wie ein angestochener Stier und rammte einem der Polizisten den Kopf in den Bauch, woraufhin dessen Funkgerät quer durch den Raum flog und mich nur knapp verfehlte. Blut spritzte, Chaos brach aus, Verstärkung wurde angefordert, und ich zog es vor, den Rückzug anzutreten. Meine Horex fand ich nach langer Suche unter einem anderen der unzähligen, gleich aussehenden Zigarettenplakate, mit denen die Gegend rings um die Wiesn zugekleistert war. Ich glaube, es war ein lassoschwingender Cowboy drauf. Auf eine friedliche Wiesn hat damals meines Wissens übrigens kein OB angestoßen.

Viele Jahre später, als ich eine Wohnung im Westend hatte, wurde die Wiesn dann ein Teil meines Alltagslebens. Wenn man schon jeden Morgen vor der Haustür mit den weniger appetitlichen Hinterlassenschaften des Oktoberfests konfrontiert wurde, wollte man wenigstens von der Tatsache profitieren, dass man die Wiesn in ein paar Minuten zu Fuß erreichen konnte. In dieser Zeit stellten meine damalige Freundin und ich das häusliche Kochen komplett ein und machten die Wiesn zu unserer Kantine. Wir wussten genau, an welchem Standl es die besten – noch nicht aus gefroren importierten Teiglingen aufgebackenen – Brezn gab, und hätten jederzeit Gourmetsterne für Münchner Fast Food in Form von Bratwürsten, Emmentaler, Ochsensemmeln und Steckerlfisch vergeben können.
In dieser Zeit freundeten wir uns bei unseren täglichen Wiesnbesuchen mit dem Otto an, einem Chemieingenieur aus Burghausen, der sich zur Oktoberfestzeit extra zwei Wochen Urlaub nahm, um in der Bräurosl als »Ordner« zu arbeiten – so nannte man damals die Leute von der Security. Aus Spaß an der Freud, wie er versicherte. Der Otto, eine Seele von einem Menschen, konnte keiner Fliege etwas zuleide tun und schwärmte uns am ersten Wiesnabend ganz beglückt vor, wie wunderbar man alle im Bierzelt auftretenden Probleme lösen könne, wenn man nur ein wenig Psychologie und einen gesunden Menschenverstand mitbringe. Im Lauf der folgenden zwei Wochen sah der anfangs wie aus dem Ei gepellte Otto dann allerdings jeden Tag zunehmend lädierter aus – mal ein blaues Auge (»Da hat einer aus Versehen den Ellenbogen hochgerissen«), mal ein wehes Kreuz (»So was kommt halt vor, wenn man einen Zwei-Zentner-Mann aus dem Zelt tragen muss«). Spätestens nach dem zweiten Wiesnwochenende war auch Ottos Uniform mit

der Bräurosl-Schirmmütze nicht mehr die ansehnlichste – schließlich hatte er nur die eine und hauste in einem VW-Bus irgendwo hinter dem Zelt –, und gegen Ende des Oktoberfests konnte er dann nur noch sehr undeutlich sprechen, weil ihn eine durchgedrehte Bierzeltfurie im Vollsuff in die Unterlippe gebissen hatte – der freundliche Otto hatte fälschlicherweise angenommen, sie wolle ihm einen Kuss geben.

In die Westend-Zeit fiel auch die Episode mit dem Wiener Freund, der extra für einen Wiesnbesuch nach München kam. Ich legte mich mächtig ins Zeug und klapperte mit ihm einen Nachmittag lang meine sämtlichen kulinarischen und schaustellerischen Geheimtipps ab, nur um danach von ihm zu hören, dass das alles wirklich *leiwand* sei, und ich solle ihn bittschön nicht falsch verstehen, aber eigentlich sei er auf die Wiesn gekommen, um »Exzesse« zu erleben. Okay, dachte ich, dann gehen wir halt ins Hofbräu-Zelt … wenn es damals auf der Wiesn Exzesse gab, dann dort.

Keine Macht den Drogen

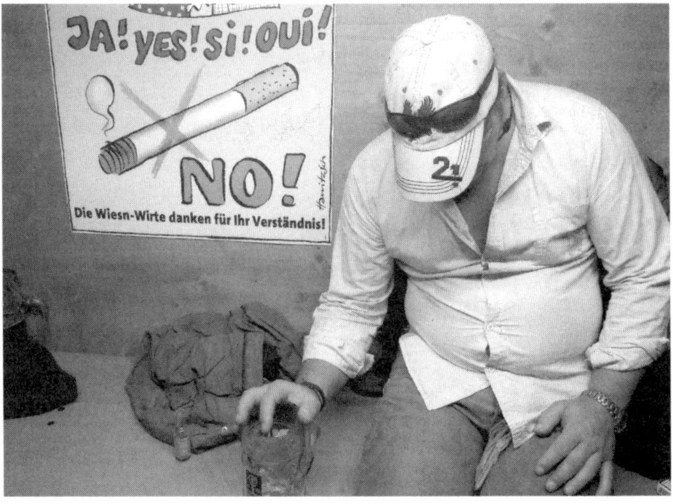

Wir fanden ziemlich rasch einen Platz in einer vom Ordnungspersonal längst als unregierbar aufgegebenen Box, in der zwei stark angetrunkene Italiener (deren erste Vorhuten hatten die Wiesn inzwischen erreicht) immer wieder unter den Tisch rutschten, um dann, über beide Ohren grinsend, wieder zurück auf die Bank zu krabbeln. Von hier aus konnte mein österreichischer Freund wunderbar beobachten, wie draußen im »Schiff« bei den Stehtischen die Post abging. Damals hatten sich dort Neuseeländer und Australier einen ambitionierten Wiesnsport ausgedacht: Irgendwann, wenn gerade keine Bedienung in der Nähe war, kletterte einer von ihnen auf den Tisch und fing an, sich unter dem anfeuernden Gejohle seiner Landsleute in affenartiger Geschwindigkeit die Kleider vom Leib zu reißen und im hohen Bogen in die Menge zu schleudern. Es ging darum, den Striptease zu vollenden, bevor die von überall her herbeieilenden Ordner den Tisch erreicht hatten. So viel Sportlichkeit nötigte meinem Wiener große Hochachtung ab, und gebannt verfolgte er, wie Jeans, T-Shirt und ein offenbar frisch erstandener Seppl-Hut ihren Weg in die Hände johlender Groupies fanden. Als dann zum Abschluss ein giftgrüner Slip durch die damals noch rauchgeschwängerte Luft des Bierzelts flog, wäre der Schlachtenbummler aus Österreich bestimmt in frenetischen Applaus ausgebrochen, hätte der splitternackte Stripper nicht angefangen, seine biergefüllte Blase mit einem dümmlichen Grinsen auf den Lippen direkt in die Masskrüge seiner ihm zujubelnden Freunde zu entleeren. In diesem Augenblick stimmte die Kapelle ein Prosit der Gemütlichkeit an, die Neuseeländer rissen automatisch die Krüge an den Mund, und meinem Wiener Freund fiel vor Entsetzen ein jüngst eingesetztes Zahnprovisorium in seine gerade erst angetrunkene Mass. So viel zum Thema Exzesse.

Inzwischen bewege ich mich nach längerer Wiesn-Abstinenz (die Verwandlung des Volksfests in einen auf Monate im Voraus durchreservierten Catwalk für die Träger Realität gewordener

Trachten-Albträume habe ich vornehmlich aus der Entfernung beobachtet) in einer ganz anderen Oktoberfestwelt. In der Welt der Privilegierten, die mit dem schamanischen Token im Voraus verteilter Armbänder oder allein durch die Nennung eines magischen Namens durch Hintereingänge in die Zelte schlüpfen. Wenn ich heute auf die Wiesn gehe, werde ich in »Boxen« eingeladen, die inzwischen eher ins Bierzelt hineingeschachtelten Separatgaststätten gleichen, mit eigenen Bedienungen, eigenen Klos und Raucherkäfigen und eigenen Sicherheitsgorillas, deren einzige Aufgabe es ist, nur ja niemanden aus der tobenden Masse draußen im »normalen« Zelt in das durch massive Holzbarrieren abgetrennte Paralleluniversum zu lassen. Manchmal kommt ein freundlicher Wirt an den Tisch und überrascht besondere Gäste mit einem von ihm selbst liebevoll gegrillten Rindersteak. Das hat dann Stil, das hat Klasse, und das schmeckt – und es versöhnt einen kurzzeitig sogar mit der Zwei-Klassen-Wiesn, der Schere zwischen Wiesn-Privilegierten und sich bis zur Besinnungslosigkeit zusaufendem Party-Volk, die sich in den letzten zehn Jahren immer weiter geöffnet hat.
So weit, so gut. Eigentlich spräche nichts dagegen, den ganzen Abend hier zu sitzen wie in jeder anderen Wirtschaft und sich mit den netten Menschen zu unterhalten, die einen in diese mit viel Geld erkaufte private Oktoberfestwelt eingeladen haben. Zwar fragt man sich mit einer gewissen Berechtigung, warum man dann nicht gleich in eine andere Wirtschaft gegangen ist, in der man zudem das Bier in Halbe-Gläsern serviert bekäme und somit nicht zwangsweise zum Rausch verdammt wäre – aber was soll's?
Das Problem ist nämlich ein anderes: Auch die besten Security-Cracks der Welt schaffen es bisher nicht, Schallwellen an ihrer Ausbreitung zu hindern. Und wenn dann im Zelt proportional zum Alkoholpegel der Lärmpegel der Musik steigt und man sich mit seinen Tischnachbarn nur noch durch lautes Brüllen direkt ins Ohr und schließlich überhaupt nicht mehr unterhalten kann, ist man irgendwann einmal dazu verurteilt, wie der

sprichwörtliche Münchner Grantler in sein von Minute zu Minute lacker werdendes Bier zu starren, während einem eine infernalisch verstärkte Stimmungskapelle einen Ballermann-Hit nach dem anderen durch die Ohren ins Hirn drückt. So stellt man sich die Hölle vor, würde man gerne zu jemandem sagen, aber weil das nicht geht, fragt man sich zum x-ten Mal selbst, was rheinische Sauflieder wie *»Viva Colonia«* in einem Münchner Bierzelt zu suchen haben. Aufstehen und gehen kann man nicht, um seinen Gastgeber nicht zu brüskieren, und so schaut man verstohlen auf die Uhr und dankt seinem Herrgott und einem regelwütigen Stadtrat, dass diesen Musikmonstern um halb elf ohne Wenn und Aber der Saft abgedreht wird. Noch zwei Stunden, noch eineinhalb, noch eine … unglaublich, wie langsam die Zeit vergeht, wenn einen drei Liter Bier nicht in eine hirnamputierte Grölmaschine verwandeln, die, mehr oder weniger wackelig auf einer Bierbank stehend und ohne sich auch nur im Geringsten zu schämen, bei *»Heit is so a scheener Dog«* ein von rhythmisch nach oben geschleuderten Zeigefingern begleitetes »La-la-la-la-la« hinausbrüllt.

Zwischenstopp Kabarett:

Wegen Reichtum geschlossen

(Wir sehen ein fast leeres Wiesnzelt, nur ganz vereinzelte Trinker im Hintergrund, keine Musik, kein Personal.)

DER WIRT: Also heuer bin ich sehr zufrieden!
Muaß ich wirklich sagen.
Schaun S', jetzt is Samstagabend, halb sechs, und es san do
(zählt durch)
eins, zwei, drei … sieben Leit! Halt, acht!
Oana is grad beim Bieseln, drüben beim Paulaner.
Weil des tu ich mir nicht mehr an! Toiletten. Zwanzig Jahre hab ich Toiletten gehabt im Zelt! Zwanzig Jahre! Dieser Zirkus!
Guad, da hab ich natürlich auch noch mehr Leute gehabt im Zelt …
(Schnitt auf den Schankbereich.
Der Wirt schenkt eine Mass aus zwei Aldi-Plastikflaschen mit Drehverschluss zusammen. Dann wirft er die Flaschen hinter sich.)
Fünf Schankkellner allein! Und da säuft ja jeder für sich mehr wie heute meine ganzen Gäste miteinander.
Und dann natürlich Bier vom Fass! Von der Brauerei, zum Apothekenpreis. Daweil tut's des hier doch auch. Da kann mir keiner erzählen, dass er da groß an Unterschied merkt. Ich sag immer, bieseln tut's sich gleich gut, Hahaha!
(Schnitt an den Biertisch, ein japanischer Gast sitzt allein da.)

So, jetza. Da schaun S' her. Sechsundachtzig siebzig, bittschön, der Herr.
GAST: Hääh?
WIRT: Eighty-six seventy, please!
GAST: Ah. Ninety.
WIRT: Sag ich dank' schön.
(Geht weg.)
WIRT: So ein g'nickerter Hund! Der hätt jetzt hundert auch sagen können!
Is aber koa Wunder bei dem G'schwerl, des heut auf d'Wiesn kommt. Bei mir geht's ja noch.
Aber was meinen S', was in die anderen Zelte los is. Grad am Samstag! Aber da brauchen sich meine Kollegen auch nicht wundern, wenn s' a halbes Hendl für 13 Euro verkaufen. Da ziehst du natürlich die Grattler an, mit solche Dumpingpreise.
Ich hab's doch selber erlebt, letztes Jahr: a halbe Ente – Mittagsschlager – 148 Euro. Da war noch dabei… warten S' amal … Nix!! Nix war da dabei!
Da ziehst du vielleicht Gestalten an, des kann ich Ihnen sagen! Einer wollt sogar a Besteck!
Da hab i bloß g'sagt: Da Bayer frisst d'Antn mim Schnabel, der Preiß mit Messer und Gabel!!
Hehehe!
A bisserl a Spaß muss schon sein! A Stimmung g'hert ja dazu bei der Wiesn! Wobei ich sagen muss:
So direkt a Musik im Zelt, des brauch ich nicht! Alle fünf Minuten »Ein Prosit der Gemütlichkeit …«!
Des hörst ja bis naus in mein Büro! Da kommst ja beim Geldzählen völlig draus … Wenn einer bei mir a Musik will, dann mach ich ihm das Fenster auf.
Aber meine Gäste wollen's eher ruhig. Deswegen kommen s' ja. Und weil's so schön is bei mir im Zelt!
Da leg ich Wert drauf!
Des verursacht natürlich auch die Kosten.

Mir fangen ja im Januar schon mit dem Aufbau an. Weil den mach ich ja allein! Da is's mir schon passiert, dass ich im April wieder hab abbauen müssen, weil s' den Platz noch fürs Frühlingsfest braucht ham!
Da schaust fei alt aus!
Guad, oan Bulgaren hab ich jetzt, der hilft mir, der spaxt mir die Garderobenhaken hin und so. Der war irgendwie vorher ... Philosophieprofessor oder so was in Sofia, ich hab nicht näher nachgefragt ...
Aber er arbeitet nicht schlecht, muss ich sagen, für des Geld, was ich ihm zahl. Naja.
Schauen S'. Letztes Jahr hab ich am Maurermontag des Zelt schon wieder abgebaut. Da hab ich mein Geld beieinandergehabt.
Weil wissen S', ich setz nicht auf Masse, ich setz auf Klasse.
Da is am Sonntag auf d' Nacht so eine Gruppe – was waren des? 5 – 6 so, frag mich nicht, Geschäftsleute – Zuhälter oder waren's Waffenhändler, na halt: Von a Bank waren s', Hypo Real Estate, genau, die san reingeschneit.
Da hat einer Hunger gehabt, und Geld spielt ja bei dene keine Rolle, da hab ich ihnen gleich die Wolpertinger-Platte empfohlen, da rappelt's natürlich im Karton, da rollt der Rubel. Mich hat das mit der Finanzkrise so gesehen nicht mehr gewundert, so wie's die bei mir ham krachen lassen!
Hahaha.
So geht's halt auch!
Weil meine Kollegen jammern: Von wegen alles überfüllt, lauter Besoffene, z'vui jugendliche Kampftrinker. I wüsste schon, wie man's machen könnte, und, Sie wern's ned glaub'n, die Festleitung ist nicht abgeneigt! An Container an die U-Bahn hin, im Landhausstil, an richtig schönen boarischen Container mit so Schlitze

drin, da wo ein jeder sein Geld neischmeißen kann, und zwar ohne Sperrstund, rund um die Uhr kann man da sein Geld neischmeißen und gleich wieder nunter in die U-Bahn!
Und der Höhepunkt der Wiesn ist dann, wenn die Wiesnwirte am letzten Sonntag in einem großen Festzug und historischer Tracht daherkommen und den Container von am Sechsergspann Braurösser wegziehn lassen. Des is dann der Bankeinzug der Wiesnwirte.
Tschuldigen S' amal kurz …
(zu sich) Is der allerweil noch da!
(Geht zum japanischen Gast und nimmt ihm den fast vollen Bierkrug weg.)
So. Please, goodbye, show is over now! You go!
(Gast steht höflich auf und geht.)
Daad er mir da 10 Minuten an a Mass hinzuzzeln, verstehst!
(Schüttet das Bier in den Ausguss.)

Zwischenstopp Kabarett:

Der Hapflinger Sepp im Bayernreservat

(Der Hapflinger Sepp steht in Strickjoppe, Hut auf dem Kopf, Zither in der Hand, hinter einem Metallzaun am Rand des Oktoberfests und winkt die Kamera heran. Man hört Bierzeltmusik und fröhliche Stimmen und sieht im Hintergrund irgendwelche Container, hinter denen sich offenbar das auf der Wiesn errichtete Bayernreservat befindet.)

DER HAPFLINGER SEPP:
He hallo, geh mal her, geh mal her, kumm her, kumm her, kannst du mir mal an Ketchup b'sorgn, an Ketchup, bloß an ganz an kloan, an Spritzer?
Woaßt, i kimm ja da ned außa, mir kemman da alle ned außa, aus'm Bayernreservat auf der Wiesn.
Musi müaß ma macha, woaßt, an ganzen Dag Musi, gell, an Landler, an Zwiefachn, an Trifachn …
Schuaplattln sollt i, Schuaplattln, an ganzen Dag Schuaplattln, da, schau mal her, i hab scho an wehen Fuaß, vom vielen Schuaplattln.
Jetzt kumm her, geh her … An Watschntanz hätt i a no machn solln gestern Nachmittag, da hab i gsagt: I hab a Watschnallergie, hahaha …
Jetzt geh her, da schau her …
(gibt Geld durch den Zaun)
Des nimmst jetzt und dann holst mir an Ketchup, aber a ganze Flaschn, und dua's in a Dütn nei, weil da herin is strenges Ketchupverbot im Bayernreservat.
Aber in koa Plastikdütn, in a Papierdütn.
Weil da herin, da werst ja wahnsinnig, wenn's des 16 Dog lang fressn muaßt, a Gselchts, woaßt, nach

Gefangen im Trachtlerzoo: Auf der »Oidn Wiesn« 2010

uroide Rezepte, mit am Sauerkraut und am Radi, da z'reißt's di, wenn's des 16 Dog lang fressen muaßt. Also, gell, schicksd di, weil i muaß jetzt dann glei wieder nei zum Goaßnmelken im Bayernreservat, und danach muaß i no a hoibe Stund grantig schaun, aber original grantig schaun, und dann hätt i grad fünf Minuten Zeit, bevor i nomoi nei muaß zum Eckbank-Hocken. Beim Eckbank-Hocken brauch i mindestens a Stund, weil da bapp i oiwei fest, weil de a Bier auf de Bank schmiern, weil des ja ois original sei muaß da in dem Reservat. Und jetzt schick di … und bring ma mein Ketchup … vergiss mein Ketchup ned … i brauch 'n doch …

(Die Kamera entfernt sich, der Hapflinger wird leiser.)

Zwischenstopp Kabarett:

Raucher in freier Wildbahn

HELMUT (*vertraulich in die Kamera*): Da, sehn Sie's? Psst – nicht dass Sie erschrecken. Schaun S' hin, ist des nicht, faszinierend … Raucher! Echte Raucher! Sie, ich kann mich noch gut erinnern, früher waren die überall, in den Zügen, in den Flugzeugen, in den Wirtschaften, in den Bierzelten! Wahnsinn, oder? Da hat's in den Bierzelten noch echte Raucher gegeben! Und nicht nur in den Bierzelten, denken S' nur an die berühmten Raucher … Winston Churchill, Groucho Marx, Marlene Dietrich, Helmut Schmidt … Es soll ja sogar Nichtraucher gegeben haben, die sich einmal im Jahr auf der Wiesn eine einzige Zigarre gegönnt haben, mich zum Beispiel – aber fragen S' nicht, wie schlecht mir davon geworden ist …
Da, haben Sie's gesehen? Da zündet sich einer eine Marlboro light an. Is schon schön, wenn man des einmal in freier Wildbahn beobachten kann, oder? Schon was anderes wie in den Glaskästen am Flughafen oder unter dem Raucherpilz … einfach freier. Die verhalten sich ja ganz anders.
Obwohl, man muss schon auch sagen, diese Light-Zigarettenraucher, die findet man noch relativ oft, auf Balkonen oder auf der Straße. Aber wann haben Sie zum letzten Mal einen HB-Raucher gesehen? Die stehen ja inzwischen auf der Roten Liste, habe ich mir sagen lassen, genauso wie die von Peter Stuyvesant. Da müsste mal der World Wildlife Fund was dagegen tun.
(*geht ein paar Schritte näher und winkt die Kamera nach*)

Nein, da brauchen S' keine Angst zu haben vor denen, die tun Ihnen nix. Die rauchen bloß Pflanzen. Die, die die kleinen Kinder fressen, des waren die Roth-Händle-Raucher und die sind praktisch ausgestorben. Mei, Wahnsinn, da hinten, des gibt's ja nicht …
(deutet auf zwei Männer, die sich jeder eine Virginier aus der Packung holen)
… gleich zwei Virginier-Raucher auf einem Fleck. Psst, bloß nicht aufschrecken. Schaun Sie nur, jetzt zieht der den Sumpfgrashalm aus dem Strohhalm – des ist eine uralte Technik, die nur noch ganz wenige beherrschen, und jetzt zündet er sie an … unglaublich, dass es so was noch gibt. Ein Pärchen Virginier-Raucher. Nur schad, dass es zwei Manderl sind, sonst könnte man sie vielleicht nachzüchten und irgendwann einmal in freier Wildbahn wieder aussetzen. Wer weiß, vielleicht ist des das letzte Mal hier auf der Wiesn? Gell, des ist jetzt so ein Versuch mit diesen Freigehegen, die die Wirte freiwillig angelegt haben, obwohl sie es nicht müssen hätten. Und wenn's nicht funktioniert, dann geht's im nächsten Jahr vielleicht ab in die Käfighaltung, und des wär doch schad. Und man fragt sich schon, was nach dem Rauchverbot kommt, wenn dieser Frankenberger, der langhaarige Sittensheriff, der sein ganzes Vermögen in dieses Volksbegehren gesteckt hat, wieder ein Geld hat. Was wird der uns als Nächstes bescheren?
Das *Bauch*verbot? Keine Hendl und Schweinshaxen mehr auf der Wiesn? Also bevor es so weit kommt, da muss ich doch noch mal in die Ochsenbraterei …

Die Oberpfalz – Eine bayerische Zeitmaschine

»Sie san doch der vom Ordinariat« – Pentling

Grenzen gibt es schon lange keine mehr. Nicht in Europa, nicht in Deutschland und schon gar nicht in Bayern. Aber gerade da wären uns heute mal klar erkennbare Grenzen zwischen den Regierungsbezirken hochwillkommen. Es muss ja nicht gleich ein ausgewachsener Grenzübergang sein, an dem uns der niederbayerische Grenzer durchwinkt, während uns sein Oberpfälzer Kollege auf die verneinte Frage nach zollpflichtigen Waren das Auto komplett auseinandernimmt und anklagend auf eine Flasche Augustiner Edelstoff im Kofferraum zeigt: »Ou wou wou, was ham mir denn da?«
Aber ein paar Schilder an der Autobahn wären nicht schlecht. Auf Wiedersehen in Niederbayern. Willkommen in der Oberpfalz. Oder eine Durchsage der siebengescheiten Stimme im Navigationsgerät: »Sie überschreiten die Grenze zur Oberpfalz, wenn möglich, bitte wenden.«
Nein, Blödsinn, wir *wollen* ja in die Oberpfalz, in jenen bayerischen Regierungsbezirk, den neun von zehn Schulkinder bei der Aufzählung regelmäßig vergessen. Und was die Orientierung anbetrifft, da halten wir uns einfach an die Schilder von Autobahnausfahrten. Schließlich kommen wir ja nicht auf der Brennsuppe dahergefahren.

Abensberg ist noch Niederbayern, Bad Abbach ist noch Niederbayern, Pentling … ist des jetzt …? Moment! Pentling! Da

hat doch »unser« Papst gewohnt, als er noch keiner war, oder? Schnell entschlossen fahren wir von der A 93 ab. Es müsste doch mit dem Teufel zugehen, wenn wir das Papsthaus nicht finden könnten, in dem der Kardinal Joseph Ratzinger, der stille Star so mancher von uns geschriebenen Kabarettnummer, während seiner Regensburger Jahre bis 1977 gewohnt hat.
Na bitte, da haben wir's doch schon! Kaum in Pentling angekommen, sehen wir auch schon einen großen, weißen Wegweiser. »Haus Benedikt« steht drauf. Das geht ja schneller als erwartet, wunderbar. Aber der Weg führt nur in eine Sackgasse. Dort erweist sich das »Haus Benedikt« als Seniorenwohnheim, direkt neben dem Feuerwehrhaus, und der, nach dem wir suchen, wohnt nachweislich in einem anderen Seniorenheim namens Vatikan.*

Während Helmut weiter durch den Ort fährt, führt Thomas eine mobile Internetrecherche durch, findet auf die Schnelle aber nur einen Forumsbeitrag, in dem eine Frau auf die Frage nach dem Papsthaus in Pentling kundtut, dass sie dessen Adresse sehr wohl kenne, sie aber auf keinen Fall öffentlich machen wolle. Fürchterliche Übergriffe hätten nämlich dort stattgefunden, fanatische Gläubige und Souvenirjäger aus aller Welt hätten im Garten des armen Papstes nicht nur Blumen abgezupft, sondern ganze Zaunpfähle ausgerissen und sogar Wasser aus der Regentonne gestohlen. Wasser! Ein echtes Problem in der von zunehmendem Wüstenklima gekennzeichneten Oberpfalz. Oder wollte sich da jemand ein ganz spezielles Weihwasser ergaunern? Diese Frage beantwortet die geheimnisvolle Forumsfrau natürlich nicht, aber dafür erfahren wir, dass der Papst in spe vor seinem Haus sogar einmal vom Hund der Nachbarin gebissen wurde. Sie wisse das

* Dass der Papst ein paar Monate später tatsächlich in den selbst gewählten Ruhestand gehen und uns damit einer uns ans Herz gewachsenen Kabarettfigur berauben würde, konnten wir damals noch nicht ahnen.

genau, die Forumsfrau, weil die Hundebesitzerin eine Freundin von ihr sei.
»Wenn dich ein Hund in die eine Wade zwickt, halte ihm auch die andere hin«, murmeln wir, und dann liest Thomas weiter aus dem Beitrag vor:
Jetzt hätten die anderen Nachbarn des Hauses sich gleichfalls einen Schäferhund angeschafft, der auch noch die Schutzhund-Prüfung macht. »Warum wohl?«, fragt die Schreiberin suggestiv, und als eine erweiterte Suche im Internet auch noch ergibt, dass der eigens zum Schutz des Papsthauses angeschaffte Wachhund angeblich ein Nachfahre des vierbeinigen Fernseh-Superstars Kommissar Rex sei, ist uns klar: Dieses Haus muss gefunden werden, koste es, was es wolle.
Aber wo mag es sich nur verstecken?

Wir ziehen unsere Suchschleifen durch den Ort. Alles hier scheint auf einmal eine ganz andere, neue Bedeutung zu bekommen, auch die banalsten Dinge des Alltags. Sind sie allesamt am Ende Bruchstücke eines geheimen Codes, dessen einziger Zweck es ist, Wissende zur *casa papae* zu führen, Nicht-Eingeweihte hingegen so lange in die Irre zu schicken, bis sie entnervt aufgeben? Was will uns die St. Nikolaus-Apotheke sagen, was die Werbung für das Bischofshof-Bier? »Das Bier, das uns zu Freunden macht« – zu Freunden des Papstes vielleicht? Was ist mit dem Gasthaus Altes Tor, dessen fehlerhaften Frakturschriftzug man auch als »Alter Tor« lesen könnte? Sollte hier am Ende das Papsthaus sein? Nein! Solche Respektlosigkeit gegenüber dem bekanntesten Ehrenbürger Pentlings ist schlichtweg unvorstellbar.
Langsam durch den Ort rollend, halten wir in den Schaufenstern von Bäckereien, Schreibwarengeschäften und Versicherungsagenturen Ausschau nach winkenden, segnenden oder betenden Päpsten. Wer schon einmal in Marktl am Inn, dem Geburtsort von Joseph Ratzinger, war, der weiß, was mit einer bayerischen Ortschaft passieren kann, die einen Papst hervor-

gebracht hat oder sich dies zumindest auf ihre Fahnen schreibt, denn auch einen Papst bringen seine Eltern hervor. Erst im Nachhinein hat der Erfolg dann viele Väter – und Mütter.
Wie auch immer, heute ist Marktl Papst. Papsthaus, Papstbier, Papstbrot, Papsttorte, Papstschokolade. Sogar ein Papstradiergummi wird dort feilgeboten, unter dem skurrilen Namen »Ratzefummel«.
Angesichts solcher selbst gestrickter Merchandising-Kapriolen erwartet man natürlich auch in Pentling Ähnliches: Fahnen, Gedenksäulen, Souvenirläden, in päpstlichen Farben dekorierte Pilger-Reisebüros. Aber nichts dergleichen. Pentling scheint immun zu sein gegen das Papstfieber, den Benedetto-Wahn. Zumindest auf den ersten Blick. Ein ganz normaler, unspektakulärer Oberpfälzer Ort in seiner schätzenswerten Bescheidenheit.

Als wir die dritte Runde drehen, von den Einheimischen sicherlich längst als »depperte Münchner« betituliert, die nicht einmal richtig Auto fahren können, wird Thomas im Internet doch noch fündig. Da steht's ja. Papsthaus. Begegnungsstätte. Bergstraße, direkt neben dem »J.-Ratzinger-Gangl«.
Die Adresse ist schnell ins Navi eingegeben, das uns mit ungerührter Stimme an den Stadtrand Pentlings lotst, in eines der gesichtslosen Neubaugebiete aus den 60er-Jahren, die man in Bayern oft lapidar »d'Siedlung« nennt. »Sie haben Ihr Ziel erreicht«, sagt das Navi. Vor einem unspektakulären, schmucklosen Einfamilienhaus parkt ein großer Möbelwagen, aus dem Handwerker weiße Büroschreibtische schleppen. Von zähnefletschenden Schäferhundbestien mit TV-Serien-Stammbaum ist weit und breit nichts zu sehen, also steigen wir aus.
Ein älterer Mann sieht dem Liefervorgang interessiert vom Gehsteig aus zu. Als wir uns dem Haus nähern, sticht er sofort auf Helmut zu und sagt: »Eana kenn i doch! Sie san doch der vom Ordinariat!«, was Helmut freundlich, aber entschieden zurückweist. Während wir ein bisschen Small Talk machen, sehen wir, wie es im Kopf des Mannes unaufhörlich rattert. Wer

Wir sind Papsthaus

ist das? Das Gesicht kenne ich doch … – Und dann fällt es ihm urplötzlich wie Schuppen von den Augen: »Sie san vom Fernsehen! Der Schleich!« Seine Erkenntnis erfüllt ihn mit solcher Genugtuung, dass er offenherzig über das Haus und seine Geschichte zu plaudern beginnt. Ein Nachbar sei er, erzählt er, nicht direkt aus dem Nebenhaus, aber trotzdem. Und einen späteren Papst zum Nachbarn hätten nun wirklich nicht viele gehabt. In Bayern konnte man dieses Privileg zum letzten Mal 1055 genießen, als der weiße Rauch für den Eichstätter Bischof Gebhard I. aufstieg, der sich fortan Papst Viktor II. nennen konnte. Über dessen damalige Nachbarn schweigen sich die zeitgenössischen Chroniken leider ebenso aus wie über sich in deren Besitz befindliche Schäfer- oder andere Hunde.
Von unserem neuen Freund erfahren wir, dass der frühere Kardinal und spätere Papst »ganz, ganz« einfach gelebt hat, und fragen uns, was wohl die Pressestelle des Heiligen Vaters dazu sagen würde, dass hier ein selbst ernannter Außendienstmitarbeiter in Gummistiefeln und Strickjacke einem landesweit

bekannten Ratzinger-Parodisten detailgenau berichtet, wie dessen damals noch bischöfliche Möbel beschaffen waren: »Aus Spoonplottn holt, furniert wie so ein Jugendzimmer aus die 60er-Joahr«, und dass er natürlich drei »Schloofzimmer« hatte, »für sich, sein Brouder und sei Schweester«. Die Hausmeisterin, ebenfalls eine Nachbarin, wird herbeizitiert. Ist sie die Besitzerin der schutzhundgeprüften Kommissar-Rex-Bestie?, fragen wir uns bang, aber die stämmige, resolute Frau stellt sich als völlig unbehundet und nach kurzer Aufwärmphase sogar relativ auskunftsfreudig heraus. Nur der Hinweis unseres neuen Freundes auf den Herrn Schleich verfängt bei ihr nicht, entweder schaut sie kein Bayerisches Fernsehen oder ist gegen Satire völlig immun.

Wie schlimm das mit diesen Andenkenjägern denn wirklich sei, fragen wir sie. Mei, wenn mal jemand komme und über den Zaun lange, weil er sich ein Blatt von einer Pflanze im Garten abreißen wolle, drücke sie schon ein Auge zu, erzählt sie, und dass der frühere Bewohner des Hauses nach wie vor in regelmäßigem Briefkontakt mit ihr stehe und am Schicksal seiner ehemaligen Behausung regen Anteil nehme.

Während des ganzen Gesprächs fällt uns auf, dass die beiden immer nur von »ihm« reden, nicht vom Herrn Ratzinger, nicht vom Kardinal, nicht vom Papst. ER habe den Marienbrunnen, den man IHM geschenkt habe, nie aufstellen lassen (»der wär ja gleich weggekommen«), IHN habe jeder hier in der Siedlung gekannt, und einmal sei IHM auf der Straße sogar ein Protestant begegnet, den ER freundlich gegrüßt habe – der Protestant sei seitdem SEIN größter Fan.

Auch wir ertappen uns dabei, dass wir in diese leicht entpersonalisierte Sprechweise verfallen. Wenn die Hausmeisterin sagt: »ER war ja so ein bescheidener Mensch«, antworten wir beide fast gleichzeitig mit einem »… und ist ER immer noch.«

Nur einmal droht die Gesprächssituation zu kippen, als nämlich die Rede auf SEINE verstorbene Schwester kommt. Die Hausmeisterin erzählt, dass diese Schwester am liebsten eben-

falls studiert hätte, so wie ihre Brüder, diese aber stattdessen täglich bekocht habe, obwohl sie nicht die geborene Hausfrau gewesen sei. »Es kann halt nicht jeder alles«, fügt sie als Fazit an, woraufhin unser Strickjackenfreund auf Helmut zeigt und sagt: »Doch, er scho!« Die daraufhin entstehende Pause ist für das zuvor so lebendige Gespräch deutlich zu lang und spricht Bände. Und sie gibt uns die Zeit, das Gebäude, vor dem wir stehen, genauer in Augenschein zu nehmen. Mit dem Apostolischen Palast in Rom kann dieses 08/15-Häusl nun weiß Gott nicht mithalten: glatte Wände ohne Fensterläden, eine Balkonbrüstung aus Betonplatten, eine fast fensterlose Nordwand, an der sich wilder Wein emporrankt. Hinein dürfen wir nicht, nur von außen lässt man uns neugierige Blicke durch das für die Entstehungszeit typische Panoramafenster in ein leeres Wohnzimmer werfen.
Da kommt eine »Begegnungsstätte« hinein, erklären uns unsere Gesprächspartner in ihrem warmen Oberpfälzerisch. Das Haus ist an eine Stiftung verschenkt worden, in einem Monat geht's los, ein entsprechendes Schild am Eingang ist schon angebracht worden.

Direkt am Haus steht eine betonierte, autolose Garage. Ob in der wohl der sagenumwobene, vor ein paar Jahren für 189 000 Euro auf eBay versteigerte Papst-Golf gestanden hat?, fragen wir uns. Und wie viel würde man wohl für einen eingetrockneten Ölfleck dieses Prä-Papamobils bekommen, vorausgesetzt, es gelänge uns, unbemerkt eine der Betonplatten des Garagenbelags mitgehen zu lassen? Aber noch viel interessanter als diese Geschäftsidee ist das, was da ganz hinten in einer Ecke der Garage steht. Ist das vielleicht eine Tischtennisplatte?
Thomas' Herz fängt an, schneller zu schlagen. Er erinnert sich, dass ihm ein Bekannter einmal erzählt hat, wie er mit dem Herrn Ratzinger, als der noch Erzbischof von München und Freising war, einmal Tischtennis gespielt habe, und dass der Papst in spe sich damals einer ziemlich beherzten Spielweise

befleißigt habe. Könnte es sein, dass ausgerechnet diese Tischtennisplatte hier gelandet ist?
Nein, leider nicht. Unser Freund klärt uns auf: Die vermeintliche Tischtennisplatte ist nur ein zusammengeklappter Konferenztisch, der demnächst seinen Weg ins leer geräumte Wohnzimmer finden wird. Schade! Man hätte doch mit dem stets in der Hosentasche mitgeführten Schweizer Messer ein Stückerl grünen Resopalbelag ablösen können, genau an der Ecke, an der die perfid angeschnittenen Schmetterbälle von J.R. aufgesetzt sind, und … ewig schade, wirklich.
Ziemlich bald nach dieser Enttäuschung klopft unser Freund mit der flachen Hand auf seinen unter der Strickjacke verborgenen Bauch, lächelt uns an und sagt: »Middogessn«. Wir verabschieden uns von ihm und der Nachbarin und gehen zurück zum Auto.
Als wir ausparken, gleitet ein schwarzer Audi heran, ein tief gebräunter Mann in Trachtensakko und bunter Krawatte, Typ aufstrebender Kommunalpolitiker, steigt aus, gefolgt von einem älteren Herrn im schwarzen Anzug, dessen weißer Stehkragen ihn als Pfarrer ausweist. Die beiden werfen uns fragende Blicke zu, bevor sie uns ein wenig unsicher zunicken. Von irgendwoher scheinen sie Helmut zu kennen – vielleicht aus dem Ordinariat …

Tiefer geht's nicht – Windischeschenbach

Windischeschenbach an einem Freitag im Mai: Brütende Hitze liegt, völlig untypisch für diese Jahreszeit, über der Stadt, in der sich trotz ihres Namens nicht einmal der leiseste Windhauch regt. Über dem Maibaum am Marktplatz schwere, dunkle Gewitterwolken, die man am liebsten anflehen würde: Jetzt macht doch endlich! Entladet euch! Schickt uns Böen, Regen, wenn's sein muss, auch hühnereigroße Hagelkörner, aber bereitet dieser elenden Hitze ein Ende. Aber sie tun es nicht.
An so einem Abend im aufgeheizten Betonklotz eines kombinierten Schul- und Kulturzentrums Kabarett machen zu müssen, ist nichts Schönes, auch wenn die Bühne in dem kleinen Oberpfälzer Ort legendär dafür ist, dass hier schon sämtliche Größen des bayerischen, wenn nicht sogar bundesdeutschen Kabaretts aufgetreten sind. Heute gleicht sie eher einer Sauna, und in der sogenannten Garderobe – einem kleiderschrankgroßen Verschlag mit Spiegel und einem winzigen Tischchen direkt neben der Bühne – ist eine Luft, als hätte gerade jemand einen Aufguss gemacht.
Auch das Publikum – sonst viel gelobt für seine Aufgewecktheit und sein Kabarettverständnis, was es zu einer idealen Kontrollgruppe für Vorpremieren macht – ist heute träge und pointenresistent, sodass Helmut, als wir nach der Vorstellung wieder an die immer noch schwüle und erdrückende Luft kommen, einen wahren Knochenjob hinter sich hat.
Wie üblich geht es dann in den Oberpfälzer Hof, wo im Hinterzimmer schon die Einheimischen warten, zum Ratschen, Anfreunden und Fachsimpeln. Der Raum ist eine Art Kabarettmuseum der Windischeschenbacher Kleinkunstbühne »Futura 87« – wer hier nicht an der Wand hängt, der hat zumindest im bayerischen Kabarett der letzten 25 Jahre nicht seine Duftmarke gesetzt.
Wir sitzen hier, weil drüben in der großen Gaststube gähnende Leere herrscht, trinken malzig braunes Zoiglbier, dessen her-

ausragendstes Merkmal es ist, dass das Krügl nur einen Euro siebzig kostet, und hören Geschichten von Feuerwehrbesäufnissen und »echten« Zoiglwirtschaften, »da, wo noch ned so viele Touristen sind«. Die ersten Russen sollen schon gesichtet worden sein, versichert uns der Wirt in seinem maulig-bellenden Oberpfälzer Dialekt, an den man sich überraschend schnell gewöhnt. Und natürlich haben sich die unmöglich benommen, die Russen.

Ob das wohl das größte Problem dieses Ortes ist, fragen wir uns, dass Touristen aus aller Herren Länder wie die Lemminge hier einfallen?

Die leer stehenden Geschäfte draußen auf dem Hauptplatz sprechen eine andere Sprache, ebenso wie die ausgeblichenen Ansichtskarten, auf denen längst zum Oldtimer gewordene Opel Kadett und Ford Taunus nostalgische Erinnerungen wecken; oder die Pril-Blumen aus Styropor im Schaufenster eines Haushaltswarengeschäfts. So sieht kein Ort aus, den der russische Oligarch als Alternative zu St. Moritz oder der Côte d'Azur ins Auge fasst, das hier ist eher eine Käseglocke, unter der sich ein Bayern erhalten hat, wie es vor dem Anbranden des Stoiber'schen Modernisierungs-Tsunamis auch anderswo noch existiert hat. Und das macht dieses Windischeschenbach auch so liebenswert, dass es einem eine Reise in die Vergangenheit ermöglicht, ohne in ein denkmalschutzkonform aufgebrezeltes Museumsdorf fahren zu müssen. Alles hier verströmt – ist man erst einmal auf den Trichter gekommen – den zart schmelzenden, melancholisch angehauchten Charme völlig unspektakulärer Nostalgie: der matt gewordene gelbe Lack der Briefkästen, die Telefonzelle in ihrem ausgewaschenen Magenta, in der sich sogar noch ein funktionierendes Münztelefon befindet – Relikte einer Zeit, in der es weder Handy noch E-Mail gab, dafür aber Bundespost und Bundesbahn und Urlauber, für die Orte wie Windischeschenbach das Nonplusultra der Erholung waren.

Leerstand

Später, im Hotelzimmer, wird einem noch deutlicher bewusst, in was für einer Zeitmaschine man sich hier befindet: Ein dicker Röhrenfernseher aus einer deutschen Fabrik, die heute fernöstlicher Billigware einen klingenden Namen verleiht; schwere Holzmöbel mit Brandflecken von Zigaretten, die irgendjemand ausgerechnet auf der Sessellehne herunterbrennen hat lassen; Teppichböden, die man lieber nicht mit nackten Füßen betreten will, obwohl sie optisch völlig sauber wirken; mehrarmige Messingleuchter mit stilisierten Maiglöckchen drauf. Von fünf eingeschraubten Glühbirnen brennen gerade mal drei.

Am nächsten Morgen röcheln schwere Harleys übers rumpelige Kopfsteinpflaster. Autos mit wummernder Stereoanlage dröhnen bassbetonte Musik hinauf zu unseren offen stehenden Fenstern.
Nach der heißen, schwülen Frühlingsnacht hat es auch ohne Gewitter deutlich abgekühlt, und ein melancholisch feuchter Samstag hängt grau über dem Ort.

Hotels wie Zeitmaschinen

Auf dem Weg zum Frühstück wandert der Blick im Treppenhaus über ausgeblichene, kaum mehr entzifferbare Erinnerungswimpel von Sportvereinen aus Orten, deren Namen man noch nie gehört hat, hin zu verstaubten Strohblumengestecken vor dicken Glasbausteinen und halb aus ihren Passepartouts gerutschten Fotos fröhlicher Reisegruppen. Bildunterschriften erklären sie uns als den »Pyjamaball der Würzburger« oder den »Oberpfalz-Ausflug der Berliner Verkehrsbetriebe«. Fast alle dieser Gruppen hatten, den Jahreszahlen unter den Fotos nach zu urteilen, ihre Blütezeit vor der letzten Jahrtausendwende. Der Wirt unten in der Gaststube erinnert sich noch lebhaft und ein wenig wehmütig an die Zeiten, in denen die Oberpfalz das direkt hinter dem Staatsgebiet der DDR gelegene Naherholungsgebiet der Westberliner und sein Hotel bei dieser Klientel heiß begehrt war.

In einem Frühstücksraum, der noch den Renovierungsimpetus der 70er-Jahre atmet, verzehren wir an schweren Tischen Dinge, die es anderswo schon seit Jahrzehnten nicht mehr gibt:

Obstsalat aus der Dose mit rot leuchtenden Cherry-Kirschen, Schmelzkäse-Ecken, die sich nur mühsam von ihrer Goldpapierhülle trennen lassen, und Semmeln wie Panzerkrebse, die beim Aufschneiden laut knacken und deren flaumig-weiches Inneres man als weißen Mehlbausch neben die braun gebackene Teigschale auf den Teller legen kann. Gegen diese gastronomische Zeitreise verblasst das Frühstücksbüffet eines jeden Luxushotels zu einem modernen Spuk international austauschbarer Beliebigkeit.
Nach dem Frühstück unternehmen wir frisch gestärkt einen Spaziergang, der uns hinüber zur Pfarrkirche des Ortes führt. »Zuletzt renoviert 1973«, verkündet stolz eine Tafel neben dem Eingang. Kaputt renoviert, würde man sich beim Anblick des Kircheninneren normalerweise denken, aber hier stört es einen nicht, dass die Wände mit Fresken bemalt sind, die sich ein Kinderbuchillustrator der 50er-Jahre ausgedacht haben könnte, dass der Beichtstuhl aussieht wie eine Schrankwand von Möbel Mahler (»Beichtgelegenheit mit Blickkontakt zum Pfarrer« preist ein geprägtes Messingschild an), und dass ein seines Altarumfelds beraubter Sankt Emmeram mitsamt seinen goldenen Barockengerln an der öden, weiß getünchten Kirchenwand so verloren wirkt wie ein Goaßlschnalzer auf dem leeren Parkplatz eines Supermarkts. Während wir unsere Runde durch die Kirche drehen, kümmert sich eine rüstige Mesnerin um den Blumenschmuck für die Erstkommunion am morgigen Sonntag. Auch dem heiligen Emmeram legt sie ein paar weiße Rosen zu Füßen, als wolle sie damit ein wenig seinen blutigen Armstumpf kompensieren. Aber jagt der in einer Zeit, in der bei jedem besseren Kettensägen-Massaker-Film die Gliedmaßen gleich dutzendweise abgetrennt werden, noch einem Kommunionkind einen Schauder über den Rücken?

Als wir die Kirche durch einen Seitenausgang verlassen, entdecken wir ein Schild mit der ebenso verlockenden wie verblüffenden Aufschrift »Zur Lourdesgrotte«. Wir folgen ihm und

gelangen zu drei Garagen unterhalb des Kirchbergs, von denen die mittlere mit einem Kruzifix über dem Tor geschmückt ist.
Voller gespannter Erwartung öffnen wir das nur angelehnte Garagentor und stehen nicht vor einem der in diesem Landstrich so zahlreichen SUVs tschechischer Herkunft, sondern vor dem Wunder von Lourdes in seiner Oberpfälzer Ausformung.
Die Heilige Jungfrau – mit ihren knapp einen Meter zwanzig entweder ein geschrumpfter Klon ihres großen Vorbilds in der Pyrenäenstadt oder in Fernost produzierte devotionale Massenware – wird von einer zweiten, knienden Figur angebetet, die wohl die Lourder Bernadette darstellen soll. Daneben sprudelt aus einem Zimmerspringbrunnen Waldnaabtaler Lourdes-Wasser, dessen Heilkraft auf den ersten Blick eher zweifelhafter Natur zu sein scheint. Der Brunnen wird – ebenso wie die stimmungsvolle Beleuchtung dieser zum Heiligtum umgewidmeten Kfz-Behausung – durch einen versteckten Bewegungsmelder eingeschaltet, was in uns sofort den Verdacht weckt, dass es sich

Lourdesgrotte – Eintritt frei

hier auch um ein mehrteiliges Lourdes-Set aus einem Baumarkt handeln könnte, komplett mit Bewegungsmelder und Sicherheitssiegel vom TÜV Rheinland – ideal für die private Andacht in Haus und Garten.
Uns lädt der fromme Ort aus anderen Gründen zum Verweilen ein – als ad hoc gegründete Authentizitätsprüfkommission unterziehen wir diesen … nun, sagen wir es einmal vorsichtig: etwas anderen Ort einer strengen Prüfung. Ob wir es bei dem Raum mit gewachsenem Fels zu tun haben oder ob man wie König Ludwig in Neuschwanstein mit Gips, Stuck und Farbe etwas nachgeholfen hat, um die Garage ein wenig »grottesker« zu machen, lässt sich nicht mit Sicherheit sagen. Das schmiedeeiserne Gitter vor der heiligen Szene scheint jedenfalls echt zu sein, ebenso wie die beiden mit bunten Polstern versehenen Holzstühle, die entweder aus dem Fundus eines Möbelmuseums oder aus einem Wohnzimmer in Windischeschenbach stammen müssen. Neben dem Garagentor kann man Kerzen kaufen – kurze für zwei Euro, längere für drei, Teelichter für 50 Cent. »Opferstock ist gegenüber« verkündet ein einlaminierter Computerausdruck, und hinter drei massiven Kruzifixen finden wir sogar ein Votivbild: die mit einem Reißzwecken an der Wand befestigte Zeichnung einer vom Heiligenschein umkränzten Madonna mit der Aufschrift »D' Mare houd gholfn und wird wieda hölfn«.
Wer mag diese Zeichnung wohl hier angebracht haben? Ein Heimatdichter, der sich über Eingebungen zu einer Oberpfälzer Lautschrift freut? Oder Mitglieder der örtlichen CSU, die sich für gestiegene Umfrageergebnisse bedanken und die Patrona Bavariae für die nächste Landtagswahl schon mal gnädig stimmen wollen? In ihrem Schaukasten in der Hauptstraße preist die Partei allerdings eher neudeutsch eine »Ladies After Work Party« an, »Powered by CSU«, aber leider nicht in Windischeschenbach, sondern nur in größeren Städten, von denen die nächste das 130 Kilometer entfernte Kulmbach ist. Vielleicht wird ja auf diesen Damenpartys über das Plakat disku-

tiert, das im Schaukasten gleich daneben hängt und völlig unbeeindruckt von Frauenquote und Gender Mainstreaming verkündet: »Auf jeden Bayern kommt es an«. Dann is' recht!

Wir ziehen weiter, an Automaten mit halb versteinerten Kaugummikugeln und leer stehenden Geschäften vorbei zur Gelateria, deren Espressomaschine einer der großen Anziehungspunkte des Ortes ist, zumindest für uns. Hier ist man in der Windischeschenbach'schen Zeitmaschine ein Jahrzehnt weiter gereist und in den 80er-Jahren angekommen – grün bezogene Polsterstühle aus schwarz lackiertem Stahlrohr, nach oben leicht dreieckig zulaufend, quadratische Tische aus poliertem Pressstein. In einer Ecke eine ziemlich schräg in ihrem Topf stehende Yuccapalme, an den Wänden abstrakte Bilder, die gut und gerne von einem so exotischen Ort wie der Malermeile auf der Münchner Leopoldstraße stammen könnten.
Der freundliche, kabarettbewanderte Wirt versichert uns nicht nur, dass seine Kaffeemaschine 365 Tage im Jahr läuft, er erzählt uns auch eine irrwitzige Geschichte aus dem nahe gelegenen Tirschenreuth, wo die Gemeinde offenbar nach 90 Jahren von ihren Bürgern rückwirkend Kanalgebühren einfordert – es sieht ganz so aus, als unternähmen auch die Stadtkämmerer der Oberpfalz Reisen in der Zeitmaschine. Wir fragen uns natürlich gleich, was passieren würde, sollte die Reise noch weiter zurückführen: »Sehr geehrter Kanalkunde, wir haben im Jahr 1156 bei diesem Anwesen einen Wassergraben angelegt, die Gebühren wären damals ein halber Silberpfennig gewesen, aber leider können wir in der Stadtchronik keinen Zahlungseingang finden, deswegen ersuchen wir Sie, die noch ausstehende Summe bis zum ersten des nächsten Monats zu begleichen. Die käme dann inklusive Zinsen und Mahngebühren auf umgerechnet viereinhalb Milliarden Euro …«
Wir bestellen uns ein epochensicheres Banana Split und blicken an einem tätowierten Kahlkopf vorbei hinaus auf die gegenüberliegende Seite der Straße, wo man auf einem Sockel

Die Reise zum Mittelpunkt der Erde: Tiefbohrung bei Windischeschenbach

aus Granit eines der wenigen Denkmäler Windischeschenbachs erkennen kann, vorausgesetzt, man weiß, was es ist: Handelt es sich dabei doch um einen Bohrkern, einen schmalen, langen Zylinder aus Gestein, den irgendein Künstler in ein umschlingendes Kleid aus Bronze gefasst hat. Dabei haben es diese paar Kubikzentimeter Gestein, die da weitgehend unbeachtet am Straßenrand stehen, durchaus in sich: immerhin hat sie der Bohrer dem tiefsten Punkt Bayerns entrissen, der gleichzeitig der tiefste Punkt des ganzen Planeten ist. Ein absoluter Tiefpunkt sozusagen, den die KTB erreicht hat, die Kontinentale Tiefbohrung. So nannte man das Projekt, mit dem das Bundesforschungsministerium zwischen 1990 und 1994 bei Windischeschenbach Wissenschaftsgeschichte schrieb und als dessen Überbleibsel heute noch der bullige Bohrturm am Ortsrand ein wenig überflüssig herumsteht.
Die Reise zum Mittelpunkt der Erde – mit 9,1 Kilometern Tiefe wurde schon mal ein Anfang gemacht, ein Eintrag im Guinnessbuch der Rekorde, immerhin, aber man kann's auch anders

sehen: Von Windischeschenbach nach Australien fehlten nur noch 12 703,90 Kilometer, dann wären für Gastronomie und Zoiglbrauereien goldene Zeiten angebrochen. Man braucht nur an die bierseligen Aussies auf dem Münchner Oktoberfest zu denken. Bleibt eigentlich nur noch die Frage, warum man die Tiefbohrung dann nicht gleich in München gemacht hat, auf der Theresienwiese wäre ja wahrlich genug Platz für so einen Bohrturm, den man zur Festzeit wunderschön in einen überdimensionalen Masskrug verwandeln könnte.
Die Antwort ist einfach: Hier, in Windischeschenbach, ist die Erdanziehungskraft signifikant höher als überall sonst in Bayern, was nicht nur das Interesse der Geologen für diesen Ort erklärt, sondern wohl auch, weshalb die Menschen hier mit beiden Beinen so fest auf der Erde stehen. Und vielleicht auch, warum wir schon seit einer Stunde unterwegs nach Waldsassen sein wollen und einfach nicht aus den Stühlen in diesem Eiscafé hochkommen.

Unter Heiligen und solchen, die es werden wollen – Waldsassen und Konnersreuth

Von Windischeschenbach nach Waldsassen sind es gerade mal dreißig Kilometer, dennoch erleidet man bei der Ankunft fast einen Kulturschock. Nach all den zwischen 1970 und dem Mauerfall kräftig verhunzten Häusern, autogerecht gemachten Ortschaften und einer im Todesschlaf vor sich hin dämmernden Gastronomie wirkt der beschwingte Bau der Waldsassener Zisterzienserabtei mitsamt ihrem ganz offen zur Schau gestellten frommen Reichtum nahezu obszön. Im Vergleich mit der Welt der bröselnden Eternitdächer und Glasbausteine, aus der wir gerade kommen, erscheinen uns die goldstrotzenden Altäre und der zartrosa gestrichene Kreuzgang mit seinen weißen Stuckverzierungen wie Fremdkörper.

In den Gängen des Klosters empfängt uns eine Ausstellung, die unter anderem zeigt, wie Nonnen heutzutage leben, was für Arbeiten sie verrichten, wie sie ihr Leben gestalten. Lachende Gesichter sind zu sehen, angeblich die der diesjährigen Novizinnen, lauter ausnehmend hübsche junge Frauen. Ob das vielleicht ein Werbetrick ist, fragt man sich, doch dann erkennt man unter all den Gesichtern eines, das einem bestens bekannt ist: das eines fröhlich grinsenden Horst Seehofer, den man sonst ja eher nicht mit klösterlicher Ruhe und Beschaulichkeit in Verbindung bringt.

Aber jetzt fällt es uns wieder ein, vor ein paar Wochen erst hat sich der Horst zu österlichen Exerzitien zurückgezogen, hierher nach Waldsassen, es stand ja in allen Zeitungen, was für ein christlicher Mensch er doch sei. Allerdings wurde er am Abend des Gründonnerstags noch in München gesehen, und am Ostermontag war er schon in Rio de Janeiro, sodass ihm, weil so ein Flug nach Brasilien nun mal einen halben Tag dauert, maximal zwei Tage zur inneren Einkehr bei den netten Schwestern von Waldsassen blieben. Aber wer täglich seinen Standpunkt ändert, für den sind zwei Tage im selben Kloster schon so lang wie für andere ein ganzes Erdzeitalter.

Es gäbe noch viel zu sehen in Waldsassen, eine umwerfende Barockbibliothek, eine Basilika mit einer kleinen Armee von Heiligenskeletten, die in gläsernen Vitrinen unter den Altären ruhen, aber es zieht uns weiter zu einer, die auf ihre Heiligsprechung noch warten muss. Ehrlich gesagt, ihre Anhänger kämpfen sogar noch um die Vorstufe dazu, um die Seligsprechung. Die Rede ist von Therese Neumann aus dem nur sechs Kilometer entfernten Konnersreuth. Gestorben 1962, nachdem sie sich 36 Jahre lang ausschließlich von Hostien ernährt hat – eine pro Tag, wohlgemerkt – und jeden Freitag medienwirksam aus den Augen und diversen Wundmalen blutete. Die Resl, wie sie hier liebevoll genannt wird, ist ein Oberpfälzer Phänomen, dessen Befürworter und Gegner sich noch heute erbitterte Schlachten liefern. Schwindlerin, nennen sie die einen, Heilige die anderen, zu denen seit 2005, als er ihren Seligsprechungsprozess eröffnet hat, offenbar auch Gerhard Ludwig Müller gehört. Damals noch Bischof in Regensburg, ist er heute Präfekt der Kongregation für die Glaubenslehre im Vatikan – wenn das keine Steilvorlage für die Resl ist …
Spätestens seit die Kongregation für die Selig- und Heiligsprechungsprozesse in Rom ihr *Nihil obstat* (»es steht nichts entgegen«) verkündet hat, befindet sich Konnersreuth im permanenten Resl-Fieber. Das sieht man schon auf den ersten Blick, wenn man sich nur die Wegweiser in der Achtzehnhundert-Seelen-Ortschaft anschaut: zum Resl-Geburtshaus, zum Resl-Garten, zum Theresienbrunnen … fehlt eigentlich nur noch die Theresienwiese, aber auf die hat offenbar München ein Copyright. Bei so viel Auswahl weiß man zunächst nicht, wo man zuerst hinsoll, aber nach kurzem Überlegen entscheiden wir uns für den Friedhof mit der Resl-Kapelle. Ist bestimmt ein guter Start, wenn man der Seligen in spe als Erstes persönlich seine Aufwartung macht.

Als wir auf dem Friedhofsparkplatz aus dem Auto steigen, kommt uns ein Schwarzer entgegen, also kein Pfarrer, sondern ein Mensch mit schwarzer Hautfarbe, der, seiner orangefarbenen Kleidung und dem Besen in der Hand nach zu schließen, für die Sauberkeit des Parkplatzes zuständig ist. Wir witzeln uns noch politisch höchst unkorrekt zu: »Schau her, der Rußl von Konnersreuth«, da werden wir auch schon von der Realität in Gestalt von zwei dahertollenden Kindern überholt, die aus voller Kehle trällern: »Neger, Neger, Baseballschläger«, was der Herr mit dem Besen mit einem freundlichen Lachen quittiert. Als wir diese Begebenheit ein paar Tage später einem Offiziellen aus dem Ort erzählen, erfahren wir, dass die Kinder natürlich nicht aus Konnersreuth selber waren, nein, nein, es handelte sich um Teilnehmer an einer Berliner Ferienfreizeit, Gott sei Dank!

Wir betreten den Friedhof, der ebenso sauber, fast keimfrei ist wie der Parkplatz. Exakt behauene Grabsteine, schwarz und schwer, irgendwie protzig trotz ihrer Einfachheit, und Gräber wie Vorgärten: exakt vermessen, von Granitmäuerchen rechtwinkelig eingefasst – steinerne Behältnisse für die Friedhofserde aus dem 50-Liter-Pack, so makellos schwarz, als wäre jeder Krümel per Hand von anhaftenden Schmutzpartikeln und – Gott bewahre! – Unkrautsamen befreit worden, auf dass kein Wildwuchs die wie mit dem Lineal gezogenen Karrees der gelben, blauen und weißen Stiefmütterchen stört.

Auf den ersten Blick ist es einer von den ganz normalen, überpflegten bayerischen Friedhöfen, wie man sie vom Oberland bis Oberfranken finden kann und auf denen die soziale Kontrolle auch mit dem Tod nicht endet, nur manche Inschriften auf den Gräbern sind hier ein wenig anders. »Konvertiert am 4. August 1930 durch Resl« ist beispielsweise auf einer schlichten Steinplatte zu lesen – von welcher Religionsgemeinschaft ist leider nicht in Erfahrung zu bringen. Solche Epitaphe findet man nur in Konnersreuth, wo der gigantische Grabstein der Resl, der sie im Halbrelief mit einem fast muslimisch wirkenden Kopftuch

Erste Hilfe Konnersreuth

zeigt, die Gräber gewöhnlicher Sterblicher um mindestens das Doppelte überragt.

Aber das ist noch gar nichts, betrachtet man erst die Votivkapelle für die Resl, gegen deren wildes Durcheinander an Votivtafeln ihr großes Vorbild, die Gnadenkapelle in Altötting, fast schon museal gepflegt wirkt. »Resl hat geholfen«, »Danke, liebe Resl«, »Vergelt's Gott, Resl« ist in jeder nur erdenklichen Form zu finden – auf in Klarsichthüllen gesteckte DIN-A5-Blätter gekritzelt, auf Holzscheiben gebrannt, als goldene Lettern in polierten Marmor geschlagen oder gar als Autokennzeichen geprägt. Auf Niederländisch hat jemand »Bedankt voor de Genezing« geschrieben, und was die russischen Danksagungen in kyrillischer Schrift bedeuten, das können wir nur mutmaßen. Man kann sich nicht helfen, irgendwie ist man ergriffen angesichts solcher naiv-hilfloser Volksfrömmigkeit. Doch dann sticht uns zwischen den überall herumhängenden Rosenkränzen eine große, aus massiver Bronze gegossene Platte ins Auge und befördert uns sofort wieder zurück ins knallharte Alltags-

geschäft der Seligsprechung: »Gebetserhörungen – Bitte melden Sie diese beim Kath. Pfarramt Konnersreuth. Danke.«
Klar, hier wird mit harten Bandagen gekämpft, hier zählt ein jedes Wunder, mag es auch noch so klein sein. Und billig ist so eine Seligsprechung auch nicht, angeblich soll sich die erste Rechnung aus dem Vatikan an den Unterstützerkreis auf 26 000 Euro belaufen haben – und das war nur der Anfang.

Aber von nix kommt nix, und der freundliche Mann in der Trachtenjacke, der im 500 Meter von der Votivkapelle entfernten Geburtshaus der Resl »ein wengerl nach dem Rechten sieht«, ist zuversichtlich, dass des schon noch was wird »mit dera Seligsprechung«. Man muss halt a wengerl Geduld haben, bis des in alle Sprachen übersetzt ist und so.
Er steht, die Hände vor einem kleinen Spitzbauch gefaltet, im Ausstellungsraum im Erdgeschoss und lässt uns nicht aus den Augen, als wir uns die doch ziemlich unappetitlichen Farbbilder anschauen, auf denen der Resl fast schwarzes Blut aus den Augen läuft. In einer Vitrine ein besonderes Exponat: eine »Herzkompresse mit Blutpfropf«, ein mit violett verblassten Flecken gesprenkeltes Stück Verbandsmull, auf dem ein auswurfähnliches Gebilde liegt, glänzend und unnatürlich rot, wie vierzig Jahre altes Blut eigentlich nicht mehr sein dürfte. Stehen wir vor einem Wunder und erkennen es womöglich nicht einmal?
Der Mann gibt uns dazu keine Auskunft, wohl aber über die Resl, die er noch gekannt hat, als kleiner Bub. »Mei, des war eigentlich a ganz normale Frau«, erzählt er. Resolut sei sie gewesen, wie der Oberpfälzer halt gern mal ist. Der Pfarrer, der die Resl »praktisch betreut« hat, habe ihn und die anderen Buben hin und wieder mal mit hinaufgenommen, ins Leidenszimmer, und hat ihnen die Resl gezeigt, wenn sie ihre »Zustände« hatte. »Sie hat ja jeden Freitag des Leiden g'habt, ned bloß am Karfreitag, und der Pfarrer hat's uns genau erklärt, was des alles war: ›Jetzt ist er das dritte Mal gefallen, der Heiland‹, hat er

zum Beispiel g'sagt, ned wahr.« Was genau die Resl dabei gemacht hat, als der Heiland das dritte Mal gefallen ist, darauf geht unser Augenzeuge nicht weiter ein.
»Ihr könnt's ruhig 'naufgeh, ins Leidenszimmer«, bietet er uns an und lässt uns zu unserer Verwunderung ganz allein die steile Stiege hinaufsteigen. Oben angekommen, wissen wir, warum das so ist. Hier oben kann man keinen Unfug machen, denn das Leidenszimmer ist hinter Glas, was ihm ein bisschen was von den Reliquienkojen unter den Altären der Stiftskirche von Waldsassen gibt. Wir sehen ein schmales Bett, in dem die Frau mit dem durchgebluteten Kopftuch vor sich hin phantasiert haben soll. Manche sagen auf Aramäisch, der Sprache Jesu, die hier aber leider keiner verstanden hat, doch bestimmt war es was vom letzten Abendmahl, der Kreuzigung und der Krippe zu Betlehem, was denn auch sonst?
Eigentlich könnte der niedrige Raum mit seinem dunklen Kleiderschrank, dem abgewetzten Ohrenbackensessel vor dem kleinen Schreibtisch, den überall herumliegenden Spitzendeckchen und den mit schief stehenden elektrischen Kerzen versehenen hölzernen Wandleuchtern durchaus das Flair eines … nun ja, eines Oberpfälzer Hotelzimmers verströmen, wären da nicht eine große, in der Wand eingelassene Voliere für die Wellensittiche der Resl und vor allem der neobarocke Altar, der mit seinem überbordenden Gold- und Silberschmuck jeder Wallfahrtskapelle zur Ehre gereichen könnte. Hier jedenfalls – Leidenszimmer hin oder her – wirkt er vollkommen deplatziert. Wie ein herrschsüchtiges Wesen aus einer anderen Welt scheint er sich raumgreifend zwischen die beiden kleinen Fenster gedrückt zu haben, wo er jegliche Dimensionen sprengt und alles Menschliche erschlägt. Wir wissen nicht, wie und wann diese Monstrosität hierher gelangt ist, aber eines ist uns beiden klar: Man muss vielleicht keine Psychose haben, um so ein Zimmer jahrzehntelang zu ertragen, aber es hilft sicher ungemein.

Der größte Osterhase der Welt – Steinwaldhaus

Und wieder sitzen wir im Auto und fahren durch diese leicht melancholisch wirkende Oberpfälzer Landschaft. Eine alte Landschaft ist es, in Jahrmillionen abgewitterter Granit. Primärgestein. Helmut als studierter Geograf weiß so etwas.
Ein Sperber messert über der Straße durch die Luft, überfliegt mehrmals unser Auto, bevor er sich in einer scharfen Kurve auf eine Wiese hinabfallen lässt und unseren Blicken entschwindet. Auf sanft gewellten Feldern leuchtet gelb der Biosprit von morgen, hinter dem von ferne das Skelett einer aufgegebenen Fabrik zu sehen ist.
Alte Männer zockeln auf noch älteren Bulldogs durch die Ortschaften, vor der Tür einer Tankstelle schläft ein alter Hund so fest, dass man zum Bezahlen über ihn drüber steigen muss. Die Tanksäule hat hier noch die alten Ziffernwalzen, an denen Liter und Beträge herunterrattern wie die Kilometer auf analogen Autotachos, nur die Bezeichnung D-Mark hat jemand mit »Euro« überklebt. In der Tankstelle selbst riecht es nach Zweitaktersprit und einem Luftverbesserer mit einer Kopfnote aus Bärwurz und Asbach-Uralt – eine Welt, in der einem die Werbeplakate für ein modernes Motoröl wie Botschaften aus einer fernen Zukunft vorkommen.
Der Ort draußen ist wie ausgestorben. Ein einsamer Maibaum wankt bedächtig im Wind, und auf der Straße ist, abgesehen vom vorbeifahrenden Lieferauto eines Pizza-Service, kein Anzeichen für menschliches Leben zu entdecken. Gut, dass wir uns vom Tankstellenbesitzer noch haben sagen lassen, wie wir zum Steinwaldhaus kommen, das uns gestern Abend im Oberpfälzer Hof ein launiger Gast als einen Ort angepriesen hat, ohne den besucht zu haben man eigentlich nichts über die Oberpfalz schreiben dürfte. Es klang fast ein bisschen so, als hätte man umsonst gelebt, hätte man nicht wenigstens einmal dort im Drehrestaurant zu Mittag gegessen.

Ganz unrecht hatte er nicht damit, denn das Steinwaldhaus – das sich uns mit seinem halben Dutzend Gebäuden eher wie ein Steinwalddorf präsentiert – deckt in unserer Zeitmaschine Oberpfalz die Epoche der späten 80er-, frühen 90er-Jahre ab. Während anderswo so etwas spätestens seit der Jahrtausendwende korrigiert wurde, haben sich hier die Geschmacksverirrungen jener Zeit konserviert wie eine Leiche im Moor: Frisch poliert, als wäre es eben erst fertig geworden, präsentiert sich uns ein Foyer mit einem in den Boden eingelassenen, unter grünlichen Panzerglasplatten dahinplätschernden künstlichen Bach und einem gigantisch überdimensionierten Zimmerbrunnen aus einem massiven Granitblock, auf dem sich eine rote Marmorkugel von der Größe eines Medizinballs dreht. Überdacht wird das Ganze von einer vielfach profilierten Kassettendecke aus unterschiedlichsten Edelhölzern, die in ihrer protzigen Materialfülle so gar nicht zu den futuristischen Sofas aus türkisem Leder passen will, die gut und gern aus dem Requisitenfundus der Fernsehserie *Raumschiff Orion* stammen könnten.

Zu allem Überfluss sitzen mitten in diesem Stil-Wirrwarr auch noch zwei kindgroße Osterhasen aus Stoff in einer echten Schulbank, während an der Wand dahinter eine mit dem Siegel der Guinnessbuch-der-Rekorde-Redaktion geadelte Urkunde verkündet, dass hier, vor diesem Haus, am 20. März 2000 ein 16,27 Meter hoher Osterhase aus Holzplatten montiert wurde. Das dürfte, so vermutet man, zumindest damals der Weltrekord im Montieren von Osterhasen aus Holzplatten gewesen sein, Respekt!

Ob seither irgendwo auf dieser weiten Welt irgendjemand versucht hat, einen noch höheren Hasen aus Holzplatten zu montieren, ist hier in diesem Foyer nicht in Erfahrung zu bringen, und deshalb gehen wir in dem Bewusstsein, möglicherweise im Haus eines nach wie vor amtierenden Weltmeisters zu weilen, zügig weiter ins Drehrestaurant, das ja irgendwie auch einen Eintrag in irgendein Buch irgendwelcher Rekorde verdient hät-

Stil-Potpourri mit Osterhasen

te. Vielleicht als das sich am langsamsten drehende Teufelsrad der Welt. Tritt man vom sich nicht drehenden Teil des Restaurants aus auf die rotierende Platte, ist es nur ein kleiner Schritt, ein rasch vorübergehender Moment der Irritation, der den kaum merklichen Übergang markiert von einer Welt, die statisch in sich ruht, in eine andere, die sich so perfide langsam im Kreis bewegt, dass man schon eine Weile einen bestimmten Punkt fixieren muss, um sich dieser Tatsache bewusst zu werden. Man kommt sich vor wie ein Baron Münchhausen, der rittlings auf dem Minutenzeiger einer Uhr sitzt. Einem Minutenzeiger freilich, auf dem es eine Spirituosenkarte mit regionalen Schnapskreationen wie dem »Wurzelstolperer« oder dem »Schlucksobinaschaugstscho« gibt.
Vermutlich braucht man so was nach einiger Zeit auf dieser Höllenscheibe, vor deren Fenstern eine Holzbrüstung mit angeschraubten Ortsnamen vorbeizieht: Tirschenreuth, Plössberg, Flossenbürg – war da nicht ein KZ? –, Tiefbohrung … Lägen nicht hellgraue Wolken über den Hügeln des Steinwalds,

Ein Fenster mit Drehwurm

könnte man die ausgelobten Landmarken vielleicht sogar sehen. So aber steigt mit der Zeit eine leichte Übelkeit in uns auf, weil das Auge keinen Fixpunkt mehr findet. Hatte man beim letzten Aufblicken von der Speisekarte noch die architektonische Entsprechung eines auf einer verstimmten Hammond-Orgel gespielten Jodlers vor Augen – sprich: eines der Nebengebäude des Steinwaldhaus-Komplexes –, so fällt der Blick beim nächsten Mal auf ein älteres Ehepaar im Nicht-Dreh-Bereich des Restaurants. »Herr Ober, wir hätt'n noch 'ne Eisbestellung«, berlinert der Mann in den leeren Raum hinein.
Helmut würde am liebsten zu ihnen aufs sichere Festland flüchten, aber Thomas bleibt hart. Wenn schon, denn schon. Ein Drehrestaurant ohne Drehwurm ist wie ein Kabarett-Text ohne Pointe.
Eine halbe Stunde später – es ist inzwischen drei Uhr Nachmittag – haben wir unsere Steinwaldschnitzel mit Bratkartoffeln schon gegessen und warten auf den Nachtisch, als eine ganze Omnibusladung alter Frauen mit ondulierten Kurzhaarfrisuren

ins Lokal einfällt und vor dem Schlitz, der den Übergang zur Drehscheibe markiert, erst einmal stehen bleibt. Die Damen sind unschlüssig, ob sie das große Abenteuer nun wagen sollen. »Mehr Mumien als im Tal der Könige«, flüstern wir uns zu, während wir im Schneckentempo an ihnen vorbeigefahren werden.

Als wir das nächste Mal die Einstiegstelle passieren, sind sie bereits mit uns auf der Scheibe, erste Obsttortenstücke werden serviert, rehbrauner Filterkaffee fließt aus bauchigen, weißen Porzellankännchen in ebensolche Tassen. Der Reiseleiter, ein braun gebrannter Westentaschen-Luis-Trenker, hat ein Akkordeon ausgepackt und hängt sich mächtig rein beim Spielen. *Tulpen aus Amsterdam* für die Damen aus der Oberpfalz, präsentiert mit vollem Einsatz von Mann und Instrument. So mondän kann ein VdK-Ausflug sein.

Als der Sozialverbandsvirtuose eine Pause einlegt und sich für ein paar Minuten seinem Kuchen widmet, stiert Helmut in den zerschmelzenden »Eistraum« auf seinem Teller und wagt nicht mehr aufzuschauen. Ein Bus voller Rentnerinnen ist gleichbedeutend mit einer Busladung Groupies von Stars des Bayerischen Fernsehens. Es kann nur noch Minuten dauern, bis eines der Silberlöckchen ihn erspäht hat und laut ins Lokal hineinposaunt: »Da sitzt er, der Heinzi« – sie meint den von Helmut gespielten Getränkefachhändler Heinzi Liebl aus der BR-Sitcom *Spezlwirtschaft* –, oder dieselbe Erkenntnis ihrer Sitznachbarin aufgeregt ins Ohr flüstert.

Die zweite Version ist nur scheinbar harmloser, denn wenn sich so eine Sensation per Flüsterpost blitzschnell im Raum verbreitet, erzeugt sie einen Gewittersturm von heimlichen Blicken und halblauten Ausrufen, die von »Wo sitzt er?« über »Den mog i ned!« bis »Des is ned der Schleich, des is der andere, der… Giebel!« so gut wie alles beinhalten können.

Aber wir wollten ohnehin zahlen, wir müssen weiter, zurück nach Windischeschenbach für eine zweite Vorstellung. Und wenn wir am nächsten Vormittag wieder nach München fahren, werden wir es mit einer gewissen Wehmut tun, weil wir mit der Oberpfalz unsere ganz persönliche Zeitmaschine verlassen, die uns in ein Bayern zurückreisen lässt, das es im Post-Stoiber'schen Event- und Schnöselfreistaat, zumindest in unserer näheren Heimat, so nicht mehr gibt.

Franken: Das Tibet Bayerns?

Wenn Bayern eine Landschaft formen …
Das neue Fränkische Seenland

Drei Tretboote namens »Melanie«, »Dina« und »Vanessa« dümpeln an einem kleinen Steg. Hinter dem Steg ein Schild: »Betreten verboten«, hinter dem Schild ein künstlich aufgeschütteter, vollkommen menschenleerer Sandstrand, und hinter dem Sandstrand wiederum ein Dorf mit schlanken Dachgiebeln und mattgrün schimmernder Kirchturmspitze. Von einer blassgelb gestrichenen Hauswand leuchtet ein rotes Sparkassen-»S« herüber. Würde nicht unterhalb des Dorfes ein Rennradfahrer in papageienbuntem Trikot an frisch gepflanzten Jungbäumen vorbeistrampeln, könnte man fast meinen, eine Neutronenbombe hätte hier sämtliches menschliches Leben ausgelöscht. Keine plantschenden Kinder, keine Schwimmer, keine Segler oder Paddelbootfahrer, nur ein paar schwimmende Inseln aus leuchtend grünen Algen um einen verlassen daliegenden Badeponton. Über die glatte Wasserfläche des Großen Brombachsees schiebt sich ein plumpes Passagierschiff, das aussieht wie eine maritime Schimäre, halb Taschenkrebs, halb Parkhaus, auf eine menschenleere Anlegestelle zu. Auf dem obersten Deck stehen in großen Kübeln zwei ebenso grotesk wie verloren wirkende Topfpalmen, am Heck hängt eine Deutschlandfahne schlaff herab.

Vor dem schreiend orangefarbenen Hinweisschild eines Seeufer-Restaurants – vom 1. April bis zum 31. Oktober durchgehend warme Küche! – stehen die mit schweren Packtaschen beladenen E-Bikes eines ältlichen Ehepaars, das über halb leer

Tretboot-Idylle

getrunkenen Gläsern mit Apfelschorle vor sich hin schweigt und hinüber zum anderen Ufer blickt, einer menschenleeren, von Hochspannungsleitungen gesäumten Landschaftsattrappe. In uns keimt die Frage auf, was einen in diese künstliche Welt zieht, in diese traurigen Tropen unter fränkischer Frühsommersonne? Wer braucht diese künstlichen Verköstigungsbetriebe, die mit ihren Mini-Biergärten und von Brauereiwerbung gekrönten Bonsai-Maibäumen an Stein für Stein abgetragene und hier wieder aufgebaute Kleintierzüchtervereinsgaststätten in mittelfränkischen Marktgemeinden erinnern? Wie vieles, was man an touristischen Neueinrichtungen in diese neu geschaffene Seenlandschaft gestellt hat, tragen sie wässrig-maritime Namen, die da lauten »See-Stern«, »See-Bär« oder »See-Rose«, wir aber finden, dass man wenigstens eines auch »See-Lenlos« hätte nennen sollen, als Symbol für dieses Disneyland ohne Märchenschloss und Piratenbucht, dieses Spaßbad ohne Spaß, diese überregulierte Kunstwelt, geformt vom Gestaltungswillen bayerischer Ministerialbürokratie an der Wende vom 20. zum 21. Jahrhundert.

Man sieht sie förmlich vor sich, die Beamten aus den verschiedenen Ministerien, wie sie in endlosen Sitzungen für ihre wasserwirtschaftlich sicherlich sehr sinnvollen Seen eine Garnitur aus touristischen Attraktionen planen: Hier könnte man doch einen Campingplatz hinbauen, dort einen Kanu-Schrägstrich-Fahrrad-Verleih oder wie wär's mit einer Kleingolfanlage? Spielplätze braucht's natürlich auch, Erlebnisspielplätze, so wie man sie heute nun mal hat, aber bittschön mit einer detailliert ausformulierten Spielplatzordnung, und vor allem Zufahrtswege für die Rettungskräfte und, natürlich, Parkplätze. Schaun mer mal … Gebühren … Pkw ab 8 Uhr drei Euro, ab 16 Uhr ein Euro, Kraftrad oder Mofa ab 8 Uhr einen Euro, ab 16 Uhr 0,50 Euro, Bus bis drei Stunden nix – klar, mir wollen doch was fürs mittelständische Omnibusgewerbe tun, ab vier Stunden

Anlegeberatung

fünf Euro, und, ganz wichtig, Herr Kollege: Keine Wohnwagen und Wohnmobile von 22 bis 8 Uhr. Ausrufezeichen!

Aber all das sind nur die Fingerübungen für die »Satzung für die Benutzung der öffentlichen Strandanlagen und Freiflächen des Zweckverbandes Brombachsee«, die Magna Charta des neuen Fränkischen Seenlands – ein Regelwerk, das vom Umfang her die Verfassung eines Kleinstaats sein könnte, aufgestellt auf einer riesigen Tafel am Seeufer.
»§1: Die Ufer des Großen Brombachsees sind unantastbar« … nein, Blödsinn, das nicht gerade. Aber wir erfahren immerhin, dass man weder Vogelnester ausnehmen, noch Tiere jagen oder fangen darf, dass man die Exkremente von mitgeführten Hunden und sonstigen Tieren (damit sind wohl Pinguine, Orang-Utans, Beutelratten und Elefanten gemeint) ohne Aufforderung unverzüglich auf eigene Kosten zu beseitigen hat, und dass »Kinder unter 6 Jahren ohne verantwortliche Begleitperson und Betrunkene« vom Platz verwiesen werden können, wobei sich natürlich gleich die Frage stellt, ob ein Kind, das zwar eine verantwortliche Begleitperson, aber keine Betrunkenen bei sich hat, nun am See bleiben darf oder nicht.
Ehrlich, hier in dieser bis ins Letzte durchgestalteten Kunstlandschaft ist wirklich alles geboten, vom Kanuverleih bis zur juristischen Volksbelustigung, aber wenn wir noch einen kleinen Vorschlag machen dürften: Eines fehlt vielleicht doch noch – ein gut ausgeschilderter Lehrpfad durch den Verbotsschilderwald. Vielleicht würde der ja die Touristen zurückbringen, die nach der Eröffnung des neuen Seenlandes erst in Scharen über den auf eine derartige Lawine nur unzulänglich vorbereiteten Landstrich hereinbrachen und dann auf einen Schlag wieder ausblieben, weil die Blaualgen kamen und mit ihnen das Badeverbot und der Blues.

Am Abend sitzen wir dann in diesem ortlosen Hotel am Seeufer, einem zwanzig Jahre alten Kasten mit dem Charme sozialisti-

scher Erholungsparadiese in Serbien oder Bulgarien. Zimmer mit Resopal- und Spanplattenmöbeln an langen Gängen, in denen man Rollschuh laufen könnte. Das »Schäufele mit Kloß« unten im Restaurant ist allerdings hervorragend und kann jeden oberbayerischen Schweinsbraten in seine Schranken verweisen, aber die fränkische Bedienung, die es uns serviert, macht ein Gesicht wie eine Eingeborene, die man gezwungen hat, herzlose Kolonialherren zu bedienen. So müssen sich die Engländer früher in Kenia oder auf Ceylon gefühlt haben, stellen wir fest.
Unser Gespräch beginnt sich um das nicht immer spannungsfreie Miteinander von Altbayern und Franken zu drehen. Wir reden über Beutekunst in Form von Dürer-Bildern, über vor 200 Jahren nach München entführten Frankenwein, über fränkische Lederhosenphobien und rot-weiße Unabhängigkeitsbestrebungen, die von der Zentralregierung in München gnadenlos unterdrückt werden.

Sind die Franken die Tibeter Bayerns?, fragen wir uns. Und wenn ja, wer ist dann ihr Dalai Lama? Und wo findet man ihn? Sitzt er, über einen Taschenrechner gebeugt, mechanisch ein staatsmännisches Lächeln übend, im Münchner Finanzministerium? Labt er sich als Barbara Lama (wer sagt denn, dass der Retter Frankens nicht weiblich sein kann?) im Schutz eines aufwendigen Kostüms unerkannt beim Veitshöchheimer Fasching an einem Schoppen Frankenwein?
Wir vertiefen das Thema nicht weiter, denn uns ist längst ein ganz anderer Gedanke gekommen. Nix Tibeter. Die Franken sind … die bayerischen Chinesen! Natürlich: Ein bienenfleißiges und handwerklich geschicktes Volk, das alles perfekt nachbauen kann. So wie dieses fränkische Seenland hier. Oder die Fränkische Schweiz, eine landschaftliche Produktfälschung erster Kajüte. Und was kommt als Nächstes? Werden die Sonnenblumenfelder, die wir heute neben der Straße gesehen haben, demnächst zur fränkischen Türkei? Der Club zum fränkischen FC Bayern?

Wie Schuppen fällt es uns von den Augen, während wir uns die zweite Halbe Oberpfälzer Importbier bestellen: Haben die Franken nicht vor ein paar Jahren sogar einen Ministerpräsidenten nachgebaut? Günther Beckstein – den fränkischen Landesvater für alle Bayern. Mit dem spitzbübischen Grinsen einer Fledermaus und einem pan-bajuwarischen Sprachmodul, das man extra für ihn entwickelt hatte. Fernab aller fränkischen Pe-, Be-, Te- und De-Verwechslungen sollte er klingen wie ein protestantischer Franz Josef Strauß: dieselben markigen Sprüche bei drastisch reduziertem Alkoholverbrauch. Aber »tas hat pei Künter Peckstein leiter nicht hinkehaun«. Offenbar hatten die fränkischen Präsidententüftler, wohl um ihrem Modell Beckstein ein härteres Image zu verleihen, auf sämtliche weichen Konsonanten verzichtet und mussten schon nach einem Jahr eine Rückrufaktion starten, obwohl man auf einen bayerischen Ministerpräsidenten normalerweise eine Garantie von zwei Legislaturperioden hat.
Die Franken haben sich von diesem missglückten Prototyp freilich nicht entmutigen lassen und heimlich, still und leise ihr Ministerpräsidentenmodell *Mark Two* entwickelt. Das hätte der ganz große Wurf werden sollen: Herr Doktor zu Guttenberg, ein mit allen nur erdenklichen Extras ausgestatteter windschlüpfriger Politbolide aus Oberfranken, der aber leider trotz gegelter Stromlinienfrisur und speziell getuntem Charisma über das Stadium einer Design-Studie nie hinausgekommen ist.
Jetzt bauen die Franken schon seit einigen Jahren am Ministerpräsidenten der dritten Generation, einem politischen SUV namens Markus Söder. Mit zuschaltbarem Karriere-Turbo, elektronischem Fettnäpfchenwarner und gesamtbayerischen Sympathiewerten, die auch die strengste Euro-Norm signifikant unterschreiten. Ob ausgerechnet er es bis zur Marktreife schafft, darf bezweifelt werden.

Ein Exkurs zum Sylvenstein

von Thomas Merk

Wo wir gerade bei der fränkischen Produktpiraterie sind: Natürlich hat auch das neue Fränkische Seenland einen oberbayerischen Vorgänger, den Sylvenstein-Stausee. Klar. Wir Oberbayern brauchen uns von unseren nördlichen Landsleuten in puncto Landschaftsverschandelung nichts vormachen lassen. So was können wir selber immer noch am besten. Und wir haben bei unserer künstlichen Landschaft nicht nur ein paar Meiler und Mühlen unter Wasser gesetzt wie die da droben am Brombachsee, wir haben gleich ein ganzes Dorf in den Fluten versinken lassen. Und das war nicht irgendein Dorf, sondern der Schauplatz von Ludwig Ganghofers Wilderermelodram *Der Jäger von Fall*, dem immer wieder verfilmten Urvater aller Heimatschmonzetten.

Heute kann man die Grundmauern des berühmten Ortes nur noch bei Niedrigwasser erahnen, bei dem auch der Sylvenstein, ein einst von den Flößern gefürchteter Felsen, gelblich grün unterhalb der Faller Klammbrücke heraufschimmert. Die Brücke selbst ist der Beton gewordene Wunschtraum fortschrittsgläubiger Alpenstraßenseligkeit der 50er-Jahre. Unzählige Male fotografiert und auf Schwarz-Weiß-Postkarten verewigt, war sie für Generationen der leuchtende Pfad in ein Wunderland motorisierter Gebirgseroberung.

Neben dem Parkplatz vor der Brücke liegen noch die Überbleibsel des Sommers herum – Sekt- und Weinflaschen in einem kleinen Bachbett und auf dem Brückengeländer steht ein Glas, das früher Spreewaldgurken beherbergte und jetzt voller kleiner, toter Fische ist – vermutlich die Hinterlassenschaft eines vergesslichen Anglers aus den neuen Bundesländern.

Menschenleer sind die Ufer des künstlichen Fjords, nur hin und wieder rumpelt ein Bulldog mit Anhänger vorbei, surrt ein einsames Auto über die Brücke. Wolken hängen in den Bergen, spiegeln sich wie ein graues Frotteehandtuch im See. Es ist kalt,

Kleine Fische, großer Stausee

und ich ärgere mich, dass ich keine Handschuhe mitgenommen habe.

Ein Automat verspricht für einen Euro englischsprachige Auskünfte über den Sylvenstein, auf die man in Ermangelung passender Münzen leider verzichten muss. Aber möglicherweise finden sich ja Informationen zur Mutter aller neuen bayerischen Seenländer auch anderswo. Im neuen Fall vielleicht, dem Ort, den sie 1954 als Ersatz für das alte Fall auf höher gelegenem Gelände hingestellt haben. Und wie in den ersatzfreudigen 50er-Jahren, als in den Fischsemmeln knallroter Lachsersatz und auf den russischen Eiern Kaviar aus Seehasenrogen fröhliche Urständ feierten, sieht es am Sylvensteinsee auch heute noch aus: Bayerische Landschaft mit Dorfersatz, heute im Angebot.
In der vermuteten Dorfmitte – einem komplett leeren Platz zwischen einem Erholungsheim der deutschen Polizeigewerkschaft und einem Kirchlein, das an eine Kreuzung zwischen Gnadenkapelle und Sparkassengebäude erinnert – stelle ich den Wagen ab, misstrauisch beäugt von einer alten Frau in blau

gemusterter Kittelschürze, die gerade einen Komposteimer aus dem Haus bringt. Ein Auto mit Münchner Kennzeichen, »des ko nix Guads ned sei«. Bevor ich sie ansprechen kann, ist sie auch schon hinter der massiven Haustür verschwunden. Langsam fährt ein orangefarbener VW-Bus an mir vorbei, »Vermessungsamt« steht auf der vorderen Tür, die Männer drin starren mich an, als wäre ich ET, der gerade aus seinem Ufo geklettert ist.

Von den Ortsansässigen sind Informationen zur Geschichte des jungen Dorfes offenbar nicht zu bekommen, aber als ich in meiner Verzweiflung das modernistische Kirchlein betrete, finde ich doch noch, wonach ich suche. Im Vorraum hängt doch tatsächlich eine gut einen Quadratmeter große Schautafel, auf der mit großen, handschriftlichen Lettern »Vom alten Fall zum neuen Fall« geschrieben steht. Darunter ein Mosaik aus bernsteinfarben vergilbten Zeitungsausschnitten mit endzeitschwangeren Schlagzeilen: »Fall erlebt seinen letzten Frühling«, »Das Ende naht«, »Der See verschluckt das Dorf der Jäger und Förster«. Und was für Jäger, möchte man sagen: Ganghofer, Thoma, Feldmarschall Hindenburg – das mag vielleicht ein reaktionäres Völkchen gewesen sein, das hier in diesen Bergen auf alles geballert hat, was ein Geweih oder Krickerln trägt. Vermutlich hätten die Herren die höchste Gaudi mit der kleinen Serie von Schwarz-Weiß-Fotos gehabt, die unter den Zeitungsausschnitten zu sehen ist: Auf dem ersten Foto sieht man einen schon halb im Wasser versunkenen Bauernhof, auf dem nächsten eine gigantische Sprengung, auf dem dritten einen glatten Seespiegel. Peng, das war's. Weg mit dem alten Fall, her mit dem neuen, das – so kann man in einem der alten Zeitungsartikel lesen – »dereinst wohl eine der größten Attraktionen in den Alpen werden wird«.
Gut, wir sind jetzt in diesem Dereinst, und ist die Prophezeiung wahr geworden? Eher nicht, denke ich, zumindest an einem Herbsttag wie diesem. Die Fenster der Dorfwirtschaft

sind dunkel, und würde an der Fassade nicht in altdeutschen Lettern »Gasthof« stehen, könnte das geduckte, lang gestreckte Gebäude mit dem Blechdach auch als Fabrik oder Lagerhalle durchgehen. Vor den Häusern, die aussehen, als wäre eines vom anderen geklont, sehe ich autolose Carports, verlassene Kletterwände und leere Vogelhäuschen. An einem Jägerzaun verkündet ein Schild moralinsauer »Holzklau ist keine Ehrensache«, am Straßenrand steht nackt, kahl und unmotiviert eine drei Meter hohe, weiß-blau geringelte Stange herum, und aus einem Garten gegenüber einer offenbar schon vor Jahren aufgelassenen Bushaltestelle glotzt mir eine lebensgroße Kuh aus Kunststoff entgegen.

Irgendwo, so sage ich mir, habe ich das alles hier doch irgendwann schon einmal gesehen: Diese Kirche wie aus dem Kinderbaukasten, den See, der aussieht wie türkis eingefärbtes Gießharz, die Plastikkuh und die Häuser, wie mit der Alpinschablone ausgestanzt …

Natürlich! Häuschen wie diese habe ich als Kind aus vorgefertigten Plastikteilen zusammengebaut. Für die Modelleisenbahn. Und dann habe ich kleine Autos davor gestellt und vor das Wirtshaus einen Biergarten mit winzigen Plastikmasskrügen und auf die Wiesen aus grün gefärbtem Sägemehl kamen Kühe aus braunem Kunststoff. Ich kann das ganze Zeug richtig vor mir sehen, in der Abteilung »Alpenregion«, Seite 159 im FALLER-Modellbau-Katalog … Moment mal! *Wie* heißt dieser Katalog???

Jetzt aber schnell weg von hier, bevor noch eine riesige Hand aus dem Himmel herabgreift, das Dorf an der Kirchturmspitze packt und einfach mitsamt See, Bergen und Alpenstraßenbrücke weghebt, weil sich darunter die Geleise eines von einer gigantischen Pressspanplatte überdachten Eisenbahntunnels befinden.

Wurmlöcher in die Vergangenheit – Bad Kissingen und das Rákoczy-Fest

Die beiden in braune Wolldecken gewickelten Verwundeten sehen schlimm aus. Der eine hat ein dick bandagiertes Bein, das von einer primitiven Konstruktion aus Ästen in einer stabilen Hochlage gehalten wird, auf dem Kopfverband des anderen ist ein großer Blutfleck zu sehen. Neben ihnen hocken auf dem von zwei schweren Rössern gezogenen Wagen Sanitäter in seltsamen alten Rotkreuzuniformen, die sich aber nicht sonderlich um die beiden Männer zu kümmern scheinen. Sie winken lieber den fotografierenden, Bratwurstsemmeln kauenden und Softeis schlotzenden Menschen zu, die lachend auf den vorüberfahrenden Wagen deuten oder den Verwundeten – die manche von ihnen offenbar recht gut kennen – mit Bier- und Weingläsern zuprosten. Die beiden Blessierten grinsen fröhlich zurück, und der mit dem Kopfverband hebt eine Hand zum Sieges-V.

Versehrten-Fasching 1866

Bei wie vielen Festumzügen in Bayern, so fragt man sich, werden wohl grinsende Verwundete in blutigen Verbänden mitgeschleppt? Aber das hier ist kein gewöhnlicher Festzug, und wir sind in keiner gewöhnlichen Stadt: das hier ist das Rákoczy-Fest, und die Stadt ist Bad Kissingen. Ehemals königlich bayerisches Kurbad, heute immerhin noch eines von fünf bayerischen Staatsbädern. Berühmt für sein Heilwasser und – unter Historikern zumindest – als Schlachtort im Krieg von 1866, dem letzten, »in dem Bayern noch auf Preißn ham schiaßn derfn«, wie Thomas' Großvater zu sagen pflegte.
Thomas ist es auch, der auf seinem iPad Scans eines alten Buchs dabei hat, das in Frakturschrift von einem »Treffen bei Kissingen, Winkels und Nüdlingen am 10. Juli 1866« erzählt: immerhin der größten Schlacht des »Mainfeldzugs«, bei dem militärisch weit überlegene Preußen den bayerischen Soldaten eine Niederlage nach der anderen beibrachten. In Kissingen hielten die Bayern den militärisch haushoch überlegenen Invasoren gerade mal einen halben Tag lang stand, was neben über 200 Toten auf beiden Seiten auch zahlreiche Verwundete forderte. Die wurden dann in den Kurkliniken gesund gepflegt und konnten dabei nicht ahnen, dass sie irgendwann einmal fester Bestandteil eines historischen Festzugs werden würden, der sich seit den 50er-Jahren des 20. Jahrhunderts alljährlich am letzten Sonntag im Juli durch die Straßen der alten Kurstadt schiebt – als krönender Abschluss des Rákoczy-Fests. Ein Fest, das im Süden des Freistaats kaum einer kennt und das es trotzdem ebenso in sich hat wie die Stadt, in der es stattfindet.
Das besondere Flair von Bad Kissingen haben wir schon bei unserer Ankunft gespürt, als der giftgrün lackierte Triebwagen mit der Aufschrift »Unterfrankenshuttle« beim ersten Blick auf das neoklassizistische Bahnhofsgebäude zu einem billigen Techno-Spielzeug mutierte. Welche Eisenbahnstation in Bayern hat heute noch einen Königssalon, bitte schön?
Diese Stadt, das wird uns schnell klar, ist eine Zeitmaschine ganz anderer Art als die verträumten 80er-Jahre-Reservate der

Oberpfalz. Hier sitzen Herren im Smoking in den Cafés, hier werden auf Plakaten Tanzturniere ausgeschrieben, hier atmet vieles noch den Geist eines einstmals todschicken Kurbads. Und dieser Eindruck bleibt, auch wenn wir auf dem Weg vom Bahnhof in die Innenstadt an den allgegenwärtigen Konsumstationen des Spätkapitalismus vorbeikommen. Schließlich schreiben wir das Jahr 2012, und ein bayerischer Ort, in dem sich nicht Lidl, Aldi, Kik & Co breitgemacht haben, muss entweder ein Bauernhofmuseum oder die Münchner Maximilianstraße sein. Aber über all das sieht man ebenso gern hinweg wie über die halbherzigen Le-Corbusier-Imitate bayerischer Stadtentwickler der Nachkriegszeit. Warum eigentlich? Liegt es an den freundlichen Menschen, die uns vom Bahnhof abholen, oder vielleicht an der Frau im Krinolinen-Kleid, die uns am Eingang zur Altstadt eine kleine Blechmarke mit dem Abbild der bayerischen Prinzessin und österreichischen Kaiserin Sisi als Eintrittskarte ans Revers steckt?
Nun hat man ja seine Erfahrungen mit Städten, deren Bewohner sich in historische Kostüme werfen und im Kollektiv längst vergangene Epochen nachspielen. Thomas erinnert sich noch gut an eine Landshuter Hochzeit, als er sich bei brütender Hitze in ein Pressekostüm aus kratziger Wolle zwängen und seine Brille – trotz schriftlich erteilter Presse-Sondergenehmigung – immer wieder vor übereifrigen Originalitäts-Sheriffs verstecken musste. Hier in Bad Kissingen scheint man lockerer mit Epochen-Verletzern umzugehen, da fährt schon seit Jahren ein Skateboarder dem historischen Zug voran. Im Handstand, wohlgemerkt, aber das verwundert einen nicht in dieser Stadt, in der für ein paar Tage die Gesetze von Zeit und Raum kopfzustehen scheinen.

Okay, die Grundidee hat man schnell begriffen: Beim Rákoczy-Fest erweckt Bad Kissingen zur eigenen Belustigung und wohl auch zur Ankurbelung des Fremdenverkehrs alljährlich einen Kreis von illustren Persönlichkeiten zum Leben, die alle irgend-

Ein Schloss geht noch

wann einmal an den hiesigen Heilquellen gekurt haben. Und natürlich ist uns klar, dass in den vier bayerischen Königen und dem einen Prinzregenten, die da allesamt huldvoll lächelnd und jovial grüßend an uns vorbeirollen, Kissinger Bürger und damit leibhaftige Franken des 21. Jahrhunderts stecken, ebenso wie in ihrer Entourage von Dichtern, Politikern und Komponisten, aber trotzdem …

Vielleicht liegt es daran, dass die Laiendarsteller ihren historischen Vorbildern vom Typ her sehr nahe kommen, vielleicht liegt es an den bis ins letzte Detail ausgeklügelten Kostümen oder vielleicht hat das salzig-bittere Kissinger Wasser, das wir vorhin in der Quellenhalle aus glänzenden Messinghähnen probiert haben, irgendwas mit uns gemacht? Jedenfalls kommen uns, während der Zug weiter an uns vorüberzieht, ganz seltsame Gedanken. Was wäre eigentlich, wenn die jetzt alle echt wären? Wenn man durch Wurmlöcher im weiß-blauen Raum-Zeit-Kontinuum kurz mal durch die Epochen flitzen und einen

kleinen Plausch mit jedem der fünf bayerischen Monarchen halten könnte?
Theoretisch wäre das sogar möglich, später, wenn der Festzug vorbei ist und die Hoheiten unter den mächtigen Topfpalmen im Kurpark an kleinen Tischen Platz nehmen, den federgeschmückten Raupenhelm oder die Pickelhaube absetzen und sich eine Erfrischung genehmigen: Ludwig I. und Max II. bevorzugen fränkisches Pils, während der zu Lebzeiten doch recht trinkfreudige Ludwig II. offenbar unter die Abstinenzler gegangen ist und sich ebenso wie sein Nachfolger, der Prinzregent, an einem schlichten Glas Wasser labt.
Richtig nah freilich kommt man an keinen von ihnen heran, so umlagert sind sie von Bewunderern, die den Majestäten schon mal unter Missachtung jeglichen höfischen Protokolls fröhlich glucksende Kleinkinder auf den Schoß setzen, um diese zusammen mit Allerhöchstdenselben auf einem mittels eines Fotohandys hergestellten Lichtbild verewigen zu können.

Ein Star, der nie hier war – Fürst Rákoczy auf seinem Fest

Die Herrscher in ihren Paradeuniformen machen gute Miene zum bürgerlichen Spiel. Wenn sie auf ihnen dargebrachte Huldigungen (»Guud warsd wieda«) und Fragen nach dem werten Befinden (»Wie gehd's denn allweil?«) antworten, befleißigen sie sich ganz volksnah des Dialekts der Eingeborenen, und legt ihnen jemand ein Stück Papier auf den Tisch, malen sie mit in Federkielen steckenden Kugelschreibern, ohne sich zu zieren, täuschend echte Unterschriften hin. Was einen natürlich sofort auf Gedanken bringt …

Vielleicht sollte man dem einen oder anderen von ihnen beim nächsten Mal ein von langer Hand vorbereitetes königliches Dekret vorlegen, das einen der eigenen Vorfahren in den Adelsstand erhebt. Oder einen selbst zum Alleinerben von Neuschwanstein macht … Auch ein Abschiedsbrief von König Ludwig II. wäre nicht schlecht: »Was mich wirklich in den Starnberger See trieb«. Und schon müsste die bayerische Geschichte in weiten Teilen neu geschrieben werden.

Sie haben zweifelsohne etwas, diese Zeitlöcher hier im nachmittäglichen Kurpark, durch die man mal kurz von Balthasar Neumann zu Otto von Bismarck spazieren kann, oder von Franz Joseph und Sisi über die Deutsche Kaiserin Auguste Viktoria zum Namensgeber des Festes, dem wild gelockten Ungarn-Rebellen Fürst Rákoczy, der zwar nie persönlich in Kissingen war, dafür aber einer der dort sprudelnden Quellen seinen Namen gegeben hat, weshalb er sich auch in dieser Stadt der Paralleluniversen posthum materialisieren und Unterschriften geben darf – direkt vor einem Wurmloch, vor dessen anderem Ende zwei staunende Kabarettautoren stehen.

Warum, so fragen die sich, gibt es nicht auch anderswo in Bayern solche Feste, bei denen die Gesetze von Raum und Zeit außer Kraft gesetzt werden und Neues, Großes, Unerhörtes entsteht?

München, zum Beispiel, könnte doch alljährlich ein Franz-Josef-Strauß-Fest feiern. Um den dritten Oktober herum, dem Todestag des letzten schwarzen Monarchen, an dem ein täu-

Wo Könige kurten

schend echt gespielter Franz Josef all die Persönlichkeiten und Gestalten empfängt, mit denen er es in seinem bewegten Leben zu tun hatte. Manfred Schreiber würde da in einem Eck mit Augusto Pinochet, Mao Zedong und Alexander Schalck-Golodkowski Waffenquartett spielen, Pieter Willem Botha würde Uschi Glas zur Polonaise auffordern, und ein schwitzender Hendl-Jahn würde das Catering übernehmen und seinen alten Freund zu einer jedes Jahr erneuerten und allenthalben sehnsüchtig erwarteten Wienerwald-Rede animieren.
Das ganze Jahr über würden sich die Münchner Zeitungen in Mutmaßungen ergehen: Wer spielt dieses Jahr den Ochsensepp? Wer den Breschnew? Gibt es jemanden, der den jungen Helmut Kohl verkörpern kann? Einen Darsteller für die Hauptfigur allerdings hätten wir schon …
Zum Schluss des Festes käme dann die große Stunde eines noch zu gründenden historischen Vereins »Strauß-Beerdigung«. Der

würde auf der weiß-blau beflaggten und eigens für diesen Anlass gesperrten Ludwigstraße die Gebirgsschützen, die bayerische Bereitschaftspolizei und ein historisch korrektes Pferdegespann mit dem Strauß-Katafalk an Tausenden von Zuschauern vorbeidefilieren lassen. Zu den gemessenen Tönen des Trauermarsches würde der Zug durch das Siegestor verschwinden – um nur kurze Zeit später mit einem fröhlich grüßenden FJS an der Spitze wieder zu erscheinen. In bester Bad Kissinger Wurmlochmanier würde sich die Zeit dann rückwärtsdrehen, und, mit jedem Schritt jünger werdend, würde der Vater aller bayerischen Ministerpräsidenten im Triumphzug durch die Stadt schreiten, nach Süden, auf Wildbad Kreuth zu, und über den Köpfen der jubelnden Menge würde im Tiefflug eine zweistrahlige Cessna hinwegfegen und mit dem bayerischen Kabinett an Bord und einem zweiten Strauß am Steuerknüppel Kurs auf Moskau nehmen.

Schwarzbraun ist der Dutzendteich – Das Reichsparteitagsgelände in Nürnberg

Die Autobahn kurz vor Nürnberg: stangengerade Wälder, Bäume in Reih und Glied hingepflanzt wie dürre Soldaten in braunen Uniformen. Ein Überbleibsel forstwirtschaftlicher Vergangenheit, heute pflanzt man andere Wälder – aber wer konnte das vor einem Menschenalter schon ahnen?
Der Horizont von Forstwirtschaftlern reicht über Jahrhunderte, sagt man, der von Politikern nur bis zur nächsten Wahl. Aber das ist vielleicht ganz gut so. Was passiert, wenn Politiker anfangen, in Dimensionen von tausend Jahren zu denken, das wollen wir uns ansehen, auf dem Nürnberger Zeppelinfeld, zu dem uns jetzt unser Navigationsgerät mit ungerührter Stimme hinlotst: »Verlassen Sie jetzt die Autobahn.«

Nun ist es ja nicht so, dass wir in unserem heimatlichen München keine monumental-hässlichen Nazi-Klötze im Stadtbild hätten, aber seien wir mal ehrlich: Eigentlich ist München, was die Stadtverschandelung durch Nazi-Architektur betrifft, gerade noch mit einem blauen Auge davongekommen. Wären Hitler und seine Architekten nur ein paar Jahrzehnte länger an der Macht geblieben, dann hätte die »Sonderbaubehörde Ausbau Hauptstadt der Bewegung« München architektonisch derart auf den Kopf gestellt, dass es auch ohne die Bombenteppiche des Zweiten Weltkriegs großflächig zerstört worden wäre. Da hätte man radikal kerzengerade Ost-West- und Nord-Süd-Achsen quer durch die Stadt geschlagen, hätte einen neuen Hauptbahnhof hingeklotzt, der mit seiner gigantischen Kuppel selbst den Petersdom in Rom überragt hätte, und an der von Aufmarschstraßen durchschnittenen und von protzigen Repräsentationsbauten umzingelten Theresienwiese hätte eine monströse, für 40 000 Personen ausgelegte Kongresshalle die Bavaria zur bronzenen Playmobil-Figur degradiert.

Angesichts eines solchen baulichen Größenwahns steckt man doch ein »Haus der Deutschen Kunst« locker weg. Zumal sich der uninspirierte Gruselbau am Südrand des Englischen Gartens, einst willige Heimstatt der Ausstellung »Entartete Kunst«, eigentlich nahtlos in die event- und partyselige Nachkriegsstadt integrieren ließ – man brauchte nur das »deutsch« aus dem Namen zu streichen und aus dem ehemaligen Nazi-»Bierstüberl« eine von FC-Bayern-Stars und Facebook-geilen Ministerpräsidenten frequentierte Nobeldiskothek zu machen. Wo ist da das Problem?

Das steinerne Monstrum aber, vor dem uns unser Navi jetzt im Nürnberger Stadtteil Langwasser anhalten lässt, spielt definitiv in einer anderen Liga. Das ist ein Haus der Kunst *on Steroids*, das lässt sich nicht einfach so auf die Schnelle in irgendwas integrieren.
Als wir direkt vor der Ruine der riesigen, in ihrer elementaren Wucht an einen aztekischen Opfertempel erinnernden Zeppelintribüne aus dem Auto steigen, fragen wir uns, wie man als Kabarettist und Autor politisch korrekt mit dieser Stein gewordenen Hitlerrede umgeht. Verordnet man sich da freiwillig ein Witzverbot? Beginnt man spontan ein temporäres Satirefasten? Kaum hat man die Autotüren mit der Fernbedienung zuklacken lassen und sich darüber gewundert, dass es hier weder einen gebührenpflichtigen Parkplatz noch ein mit Strichcode-Tickets zu fütterndes Drehkreuz gibt, fängt im Kopf auch schon ein unsichtbarer Filmprojektor zu rattern an und spielt einem das riesige, von Lorbeer umkränzte Hakenkreuz ein, das bis 1945 über dieser Tribüne thronte. »The swastika will no longer flood its crooked arms above the Nazi shrine«, hört man eine amerikanische *News-of-the-Week*-Stimme sagen, gleich darauf der Lichtblitz einer Explosion, ein Knall, eine schwarze Rauchwolke, aus der, begleitet von flotter Marschmusik, die Trümmer des entsorgten NaZionalsymbols in alle Richtungen davonfliegen. Auf YouTube ist dieser Film neben unzähligen Videos von in sich

Gebaut für 1000 Jahre, verfallen nach 80

zusammensackenden Schornstein-Penissen unter der Rubrik »lustige Sprengungen« zu finden, zusammen mit fachkundigen Kommentaren:
»i could watch this all day!«, meint ein User mit dem Pseudonym »AfricanNaziJew«.
Und »opiumstyler« will wissen: »What was the building? Was it the top of the reichsparteitag or was it on the zeppelinfeld?« – Antwort des Videoeinstellers: »As far as I know it was Reichsparteitag!«

Seltsam ist's schon, nach all den Recherchen leibhaftig hier zu stehen, mitten auf diesem riesigen Areal, vor uns die Tribüne, hinter uns einen Steinwall mit 34 Türmen, an denen gelbe Schilder warnen: Betreten verboten! Steinschlaggefahr!

Ein junges Paar hockt auf den Stufen der Tribüne, steht aber auf, als es uns kommen sieht, und auf einem Verkehrsübungsplatz im hinteren Teil des Zeppelinfelds bringt ein Fahrlehrer

Wenn das der »Führer« wüsste – Picknick auf deutschem Muschelkalk

gerade einer zierlichen Frau bei, wie man ein großes Motorrad auf den Ständer wuchtet. Ansonsten haben wir die bedrückende Kulisse für uns allein – kein Norisring-Rennen, bei dem die Tribüne voller Zuschauer ist, kein Rock im Park-Festival, bei dem riesige Lautsprecherboxen Klänge über das Gelände peitschen, die wohl nie als Soundtrack für einen Leni-Riefenstahl-Film in Frage gekommen wären. Für das Machwerk *Triumph des Willens* zum Beispiel, auf dem Reichsparteitag 1934 gedreht von der Frau, die sich nach dem Krieg partout nicht mehr an ihre glühende Begeisterung für das »Dritte Reich« erinnern wollte. Ihre perfid-perfekten Bilder von damals projiziert uns der Filmprojektor in unseren Köpfen jetzt über die reale Tribüne. Gesteckt voll war sie damals mit fetten Nazi-Bonzen und uniformierten Hitlerschranzen, aber die sind nicht das wirklich Erschreckende an diesem Film. Was einem eiskalte Schauer über den Rücken jagt, ist das Strahlen auf den Gesichtern der Menschen hier unten auf dem Zeppelinfeld, die Begeisterung

der ganz normalen »Volksgenossen«, die mit tränenfeuchten Augen nach oben glotzten, wo ihr von Frau Riefenstahl zum gottgleichen Übermenschen hochstilisierter »Führer« stand.
Ob diese Überhöhung wohl auch funktioniert hätte, wenn man ihnen Filme von anderen Nazi-Parteitagen gezeigt hätte, den alten, die Hitler und seine Kumpane noch auf dem Marsfeld in München abgehalten haben?: den Oberkörper in Braunhemd mit Hakenkreuzbinde und quer über die Brust verlaufendem Lederriemen, von der Gürtellinie abwärts in kurzer Lederhose, Wadlstrümpfen und Haferlschuhen – oben Nazi, unten Trachtenverein.
Stumm, wie es sonst eher nicht unsere Art ist, steigen wir nebeneinander die mit »Muschelkalk aus allen Gauen des Reichs« belegten Stufen hinauf zu der wie ein Felsvorsprung aus dem steil ansteigenden Tribünenhang hervorspringenden Rednerkanzel. Hier also hat er in seiner braunen Uniform wild herumgestikuliert und seine hasserfüllten Plattitüden in ein plumpes Telefunken-Mikrofon hinein gebellt, der echte »große Diktator«. Hier, auf diesen paar Quadratmetern, deren Bodenplatten womöglich noch von Häftlingen in irgendeinem KZ gebrochen wurden, gerinnen einem die Witze dann doch noch auf dem Weg vom Hirn in den Mund, bekommt man plötzlich einen moralischen Schluckauf, den man auch dadurch nicht loswird, dass man sämtliche Kinohitler, die einem auf die Schnelle einfallen – von Charlie Chaplin und Mel Brooks über Bruno Ganz und Udo Kier bis hin zu Armin Mueller-Stahl und Helge Schneider –, mit deutschem Gruß vor dem inneren Auge vorbeiparadieren lässt.
Hilfesuchend sehen wir uns nach etwas um, das uns wieder ins Nürnberg des Jahres 2012 zurückholt, und finden es schließlich in den unscheinbaren Pflanzen, die sich überall in die Spalten zwischen den Muschelkalkplatten gekrallt haben. Kamille, Löwenzahn, Flughafer, Ackerfuchsschwanz (»Unkrrrraut! Soforrrrt verrrnichten«, meldet sich eine schnarrende Stimme im Kopf) bilden mit Dutzenden anderer Arten ein

sanft vegetatives Gegenprogramm zu den martialisch kantigen Formen der Quader, Stufen und Pilaster rings um uns. So richtig wird das nix werden mit den tausend Jahren, denken wir, das hier sieht verdammt nach den Vorboten einer gefräßigen Dschungelvegetation aus, die sich en passant mal eben ein paar Bauwerke einverleibt, ganz gleich, ob es sich dabei um yukatekische Maya-Pyramiden oder Nürnberger Nazi-Tribünen handelt.

Mit der Entdeckung dieser kleinen, grünen Anarchisten kehrt auch unser Humor zurück. Während wir die Tribüne wieder hinabsteigen, deuten wir auf den von schwarzen Reifenspuren gezeichneten Asphalt des Norisrings und fragen uns, ob darunter wohl immer noch die alten Granitplatten liegen, die – wir Wikipedia-Gscheidhaferl wissen so was – exakt einen Meter zwanzig im Quadrat messen. Und den Grund für diese Bemaßung wissen wir natürlich auch: Weil ein Meter zwanzig genau zwei preußischen Stechschritten entspricht, und so erfinden wir flugs eine neue Maßeinheit für Entfernungen, die möglicherweise heute noch gelten würde, wäre das Nazi-Reich nicht schon nach 12 Jahren wieder am Ende gewesen. Die Entfernung zwischen Nürnberg und Berlin würde dann mit 721 preußischen Kilostechschritten angegeben, der Verkehr würde sich zu Stoßzeiten nur noch millistechschrittweise fortbewegen, und den Abstand der einzelnen Leiterbahnen auf einem Computerchip (Reichsdeutsch: zum Einbau im Schnellrechner vorgesehener Kleinstnachrichtenspeicher) würde man in Nanostechschritten messen.

Am Fuß der Tribüne angekommen, gehen wir 200 preußische Stechschritte weiter zum Kiosk am Ufer des Dutzendteichs und besehen uns die Speisekarte, die hier die Form einer großen, mit schwarzen Folienbuchstaben beschrifteten Tafel hat. Urgermanisches Essen wie Nürnberger Rostbratwürste oder Sauerkraut sucht man vergebens, dafür wird ein anglisiertes »Schnitzelsandwich« angepriesen (»Das hat bestimmt dieser Churchill

auf die Karte gesetzt!«), vom Balkan hat sich als kulinarischer Partisan das Schaschlik eingeschlichen (»Bolschewistische Küchenverschwörung!«) und die Currywurst bringt die Stimme in unseren Köpfen erst recht zum Toben. (»Was haben indische Gewürze an einer deutschen Wurst zu suchen?«) Die Art, wie Letztere auf der Karte ausgezeichnet ist, hat dann aber so viel von anal-fixiertem germanischem Regelungswahn an sich, dass es der Stimme vor lauter Freude die Sprache verschlägt:
»Currywurst (1-6) – 1: Mit Farbstoff; 2: Mit Konservierungsmittel; 3: mit Antioxidationsmittel; 4: mit Geschmacksverstärker; 5: Mit Phosphat; 6: gebrüht.«

Vor dem Kiosk stehen zwei 90er-Jahre-Autos mit laufendem Motor und offenen Türen, während die Fahrer, lässig an ihre Karossen gelehnt, sich Cola trinkend in breitem Nämbercherisch unterhalten. Wahrscheinlich ist ihnen überhaupt nicht mehr bewusst, an was für einem Ort sie hier stehen – sie fahren bestimmt nur deshalb her, weil sie die Motoren ihrer Autos im Stand laufen lassen können, ohne dass ihnen gleich ein selbst ernannter Umweltsheriff aufs Dach steigt –, aber uns hat der Genius Loci jetzt so fest in seinen Krallen, dass wir instinktiv braune Machenschaften vermuten.
»Der Hermann«, sagt der eine.
»Welcher Hermann?«
»Geh, du werst doch den Hermann kennen …«
(Hermann? Das kann doch nur der Göring sein! Warte, wenn ich den erwische, diesen verräterischen Fettwanst.)
»… der Hermann, der is doch ned normal, oder was, der hat neulich a Schlachtschüssel gessen, aber hallo, die war ned von schlechdn Eldern, dabei hat der doch hochgradich Zucker …«
(Was heißt hier Zucker? Morphiumsüchtig war er!)
»… und die Schuh, die er sich da neilich kaffd hod, also des warn also ned direkt Spoddschuh, auch kane Halbschuh, ne, de warn so braun, also rehbraun däd ich jezd vielleichd ned grad soggn, aber braun warn se auf alle Fälle!«

(Braun! Meint der die Eva? Oder die Uniformen? Oder das Wasser des Dutzendteichs, das heute so einen verdächtigen Braunton hat?)
Aber kann ein Teich ein Nazi sein?

Zwischenstopp Kabarett:
Die Bestie von Doddlbach

Auf unserer Fahrt durch Franken sehen wir direkt neben der Landstraße ein verlassenes, halb renoviertes Bauernhaus, das uns zu einer spontanen Kabarettnummer inspiriert.

(Die Bestie von Doddlbach sitzt in einer Gefängniszelle.)

DIE BESTIE:
Jetzt is er wieder gekommen, der von der Bank, der könnt mir jetzt für 1,5 Prozent, ne, könnt ma umschulden, hat er gsagt. Aber jetzt hab ich ja schon ein Dach überm Kopf, ich sitz jetz da in Bayreuth, Justizvollzugsanstalt Sankt Georgen. Praktisch im Knast. Und die sagen, man weiß ja nie, was kommt, aber wenn's gut läuft, könnte ich unter Umständen einmal der am längsten einsitzende Strafgefangene Bayerns wern.
Ich möcht ja sagen, wenn ich da rauskomm, ich mach des auch nimmer, ich bin ja gar nicht mehr interessiert an so was, mir is des selber peinlich, und ich sag Ihnen echt, nachdem ich jetzt kaa Krimineller bin, ich kenn da herin ja auch keinen. Die anderen, die kennen sich alle, des merkst scho, dass die teilweise in so Banden und so … die haben schon einen Heidenrespekt vor mir, weil die wissen ja, ich hab ja, des waren, überleg amal, des waren ja insgesamt … der Schwiegervater, die Schwiegermutter, mei Fraa, ihr Schwester, und ich hab sie ja nur derschossn, also ganz sauber, im Tierreich würd ma sachen, a Blattschuss. Für die war des a schöner Dod, des hat auch die Patholo-

gin gsagt in Nernberch, des war a scheena Dod. Ich hätt ja auch so Dings da, so Rattengift nehmen können, dann wären die alle ganz elendiglich … ne … Dann der Postbote, weil der an dem Tag zu spät dran war, der Postbote, den wollt ich gar ned umbringen, ne, und des mit der Wirtschaft … ich war nervös. Ich bin halt kein Mörder. Für einen Mörder ist so was Alltag, aber ich bin keiner. Jetzt bin ich halt rein in die Wirtschaft mit 'm Revolver, fragt mich einer, was hast du da?, war's scho passiert. Der Bierfahrer, ne, der war sofort dod, dann der Walter, der Pframmer Horst und der Schuck Hans, sind neun.
Aber den Wirt, den wollt ich nicht erschießen. Wie heißt so was, wenn a Kugl gegen die Wand geht und abprallt, ein Querschläger, ne, und des war halt auch so ein Querschläger, wie ich den Bierfahrer erschossen hab, hab ich so in die Fässer neigeballert, und die waren unter Druck, des hat's zerrissen, und dann is da so ein Stück weggeflogen und hat den Wirt genau da … ne … Halsschlagader, und dann war der tot. Gut, des war ein alter Mann, aber des war mir wirklich peinlich, weil die kennen mich doch alle im Ort. Klar, da haben s' natürlich alle da jetzt Angst vor mir in dem Gfängnis da herin, weil die denken, wenn der so viele … ich hab denen gsagt: »Ich bin ned so«, aber ich krieg da herin partout kein Anschluss.
Aber dass man da so direkt … also wirklich … in die Nähe von Kriminellen gerückt wird … des muss ich sagen, des is schon, also ich muss schon sagen, des hat was von … also draußen nicht, aber im Gefängnis, da hat's was von einem Polizeistaat. Wirklich, also, von wegen Liberalitas Bavariae, da merkst du nix davon. Ich hab des auch schon mal gsagt, zu einem gsagt, also, was du machst, hab ich gsagt, was du da machst, des is … Polizei. Du führst dich da auf, als wärst du

der Oberaufseher – gut, is er auch … aber die diskutieren da nicht mit dir. Die sind direkt gewaltbereit … Gut, es gibt auch andere, des muss ich auch sagen, die mich verstehen. Ne, des is halt immer mehr geworden, ich denk, des Haus is gleich renoviert, a altes Bauernhaus, des is gleich renoviert, aber dann is des immer weitergegangen, kommt der Schwiegervater und sagt, der Stall muss auch noch drankommen, des is a altes Gewölbe drinnen, alles morsch, in de Fundamente, da sitzt der Salpeter drin, des hat mir ja keiner gesagt, wie ich mei Frau gheirat hab, und da siehst du ja nicht auf den ersten Blick, da siehst du ja ned hin, ich hätt ja nur hinschauen müssen, ich Depp! Und Sie wissen ja, wie des mit de Zinsen damals war, da zahlst du schnell mal sieben Prozent, hat der von der Bank noch gesagt, des is a Jahrhundertzins. Freilich, jetzt könnt ich des finanzieren, da könnt ich mir die Fenster vom Stall auch noch leisten, aber damals war des nicht möglich. Und dann des Genöle von der Schwiegermutter den ganzen Tag: … »Ja, mach doch des noch, und da müsst ma noch und …«
Und wenn ich gwusst hätt …
Weil ich war ja nüchtern, ne, wenn ich gwusst hätt, dass der Alkohol … so ab zwei Promille, da kriegst du Rabatt, weil du sagst, der war ned ganz da … aber bei mir war des ja Vormittag, freilich, weil der Postbote ja, wie gsagt, auch betroffen, also, der war nicht BEtroffen, der war GEtroffen, also der war tot.
Aber es hilft ja nix, des war schließlich kein Krieg, da wär's wurscht gewesen, so ein Russe oder was … aber so ist des natürlich schon Mord in gewisser Weise.
Naja, jetzt is es, wie's ist. Ich kann die auch nicht mehr lebendig machen. Ich möcht's auch gar ned. Ich hab des ja absichtlich getan, des geb ich schon zu.
Weil der Richter noch gefragt hat, ob des nicht Not-

wehr war … ne, Notwehr hat er nicht gesagt: Affekt. Hab ich gsagt: Was heißt Affekt? Ich hab des geplant. Ich hab ja gar keine Waffe daheim gehabt.
Aber dass die mich jetzt die »Bestie von Doddlbach« nennen, des ist nicht schön. Des ist ungerecht.
Was heißt denn Bestie? Beim Wirt war's a Querschläger, der Postbote war selber schuld. Also wenn ich den Journalisten … also ich bin kein gewalttätiger Mensch, aber den Journalisten, wenn ich rauskomm, den knall ich auch noch ab.
»Bestie von Doddlbach«, also Bestie is a großes Wort, des is vielleicht einer wie dieser … wie heißt er … der Jack the Ripper, aber bei mir … jetzt kriegt's euch wieder ein.
Des waren bei mir alles Verwandte, Bekannte, Freunde, die waren alle … des war mein engster Kreis. Selbst der Postbote … der hat ja schon bei meinen Eltern die Pakete … und des is scho was anders, als wenn einer extra wo hinfahrt und de Leud auflauert … ich sag immer »aus niedrige Beweggründe«, des is dann was, wo ich wirklich sag: Des is Mord. So was ist ned in Ordnung. Da herin jetzt im Gefängnis, da sind einige, wo du dich schon fragst, ob des ned Kriminelle sind. Da gibt's schon einige, die ganz schön was aufm Kerbholz haben. Ich red ja nicht viel mit denen, soll man ja auch nicht. Ziehn dich ja nur rein, da hört man ja die schlimmsten Sachen.
Naja, jetzt hab ich noch 38 Jahr und neun Monat, des derwart ich jetzt scho.
Aber die Frage ist, was mach ich mit dem Haus, des ned fertig ist? Des is ja hinten und vorn ned fertig. Des Bad war grad einmal halb gefliest, die Fliesen krieg ich doch in 38 Jahr gar nimmer! Die Schwiegermutter hab ich da im Bad … da ist ja viel kaputtgegangen. Und durch des Fenster hab ich auch geschos-

sen, da weiß ich nicht, ob da jemand eine neue Scheibe reingemacht hat, da kommt ja im Winter, wenn es kalt wird, kommt da die Feuchtigkeit rein, da ist hinterher des Haus schlechter beinand wie vor dem Mord.

Deswegen kann ich nur jedem sagen: Verbrechen zahlt sich nicht aus. Des hat mein Sozialbetreuer auch gesagt: Es gibt andere Möglichkeiten. Scheidung oder was, oder Wegziehen, aber Mord .. ich sag's ehrlich, ich kann's Ihnen ned empfehlen.

Da hast du hinterher oft mehr Ärger wie vorher.

Ein »teutscher« König – Auf den Spuren Ludwigs I.

Spricht man jemanden in Bayern auf König Ludwig an, antworten die meisten: Das war doch der mit den Märchenschlössern, der mit den Separatvorstellungen im Residenztheater, der mit dem Wagner-Knall, der sich in Linderhof so eine blaue Grotte hat bauen lassen, oder? Aber eigentlich müsste die korrekte Antwort lauten: Welchen Ludwig meinst du? Den ersten, den zweiten oder den dritten? Streng genommen müsste man sogar noch den vierten hinzufügen, den wir auf Schloss Herrenchiemsee auf die Kabarettbühne gestellt haben, aber das ist ein anderes Kapitel …

Wir haben uns in diesem Buch für den ersten der Ludwige entschieden, und das nicht nur deshalb, weil wir in unserer Heimatstadt München auf Schritt und Tritt über irgendeine seiner Hinterlassenschaften stolpern: Königsplatz, Ludwigstraße, Feldherrnhalle, Karolinenplatz – vor Ludwig eins gibt es in München kein Entkommen. Aber auch woanders hat er seine Duftmarken gesetzt – und was für welche! Architektonische Manifeste eines königlichen Politikverständnisses, das uns Suchern nach der bayerischen Identität einen Blick auf eine ideologische Ursuppe gewährt, die in manchen bayerischen Köpfen heute noch brodelt.

Ludwigs germanisches Griechenland – Die Walhalla

In Donaustauf beim Griechen: Die Suche nach einem bayerischen Wirtshaus war erfolglos, da alle in Frage kommenden entweder Ruhetag oder für immer zuhatten. Erst als wir Moussaka, Kleftiko und alkoholfreies Weißbier bestellt haben, fällt uns auf, dass dieses bajuwarisierte griechische Essen eigentlich die angemessenste Stärkung am Fuß eines mitten nach Bayern hineingebauten pseudogriechischen Tempels wäre, wenn … ja, wenn da nicht dieser mit altnordischem Germanengeschwurbel aufgeladene Name »Walhalla« wäre, den König Ludwig I. seinem hellenistischen Säulenbau hoch über der Donau gegeben hat. Irgendwie muss er da mit den Mythologien ein wenig durcheinandergeraten sein, unser Ludwig eins, stellen wir fest, als wir, frisch gestärkt und mit einem ungermanischen Ouzo im Magen, die kurvige Straße hinauf zu einem großen, privatwirtschaftlich (wie sonst?) betriebenen Parkplatz fahren.

Nach Zahlung von zwei Euro Parkgebühr – schade, dass wir keine griechischen Euromünzen in unseren Geldbeuteln finden – dürfen wir auf einem breiten, asphaltierten Treppenweg hinauf zu Ludwigs griechenseligem Ehrentempel steigen. Ein Hinweisschild klärt uns auf, dass an den Hängen unterhalb der Walhalla der einzige Wein der Oberpfalz angebaut wird, was gar nicht so recht zur Walhalla passen will, weil die Germanen doch Met getrunken haben. Das nächste Schild passt da schon eher zur altgermanischen »Wohnung der Gefallenen«, denn es verkündet, dass hier schon etliche Unvorsichtige wegen eines einzigen falschen Schritts einen schrecklichen Tod gefunden haben. »Betreten Sie deshalb den Tempel nur innerhalb der weißen Markierungen«, mahnt die Walhalla-Verwaltung, so, als wäre der Heldentempel in Wirklichkeit die Tragfläche eines Flugzeugs: »Do not walk outside this line.«

Ein helmbewehrter Mountainbiker schnauft an uns vorbei und hat sichtlich Mühe, sein Zweirad in der von unzähligen Stollenreifen ausgefahrenen Erdrinne neben den Stufen zu halten. Oben hält er an und bleibt stehen, bis wir zu ihm aufgeschlossen haben und er Helmut schweißüberströmt versichern kann, dass er für ihn der Größte und Beste überhaupt sei. Gut, dass man dem Sportsfreund vorhin keine Unverschämtheit hinterhergerufen hat.

An der Walhalla angekommen, wartet erst einmal eine Enttäuschung auf uns. Der aus der Ferne so majestätisch wirkende Bau sieht von hinten betrachtet nämlich gar nicht mehr so königlich souverän aus wie von seiner Schokoladenseite. Er ist in weiten Teilen eingerüstet, und das, was auf einer großen Bautafel steht, darf man ruhig wortwörtlich nehmen: »Aufbruch Bayern – Zukunft bauen«. Aufgebrochen hat man nämlich die breiten Treppenanlagen, die hinunter zur Donau führen, und, ihrer steinernen Stufen beraubt, geben sie ihr Innenleben preis, das aus einem fast filigran wirkenden Unterbau aus Ziegeln besteht. Neben diesen Zeugen vergangener Baukunst kann man auch schon das bestaunen, was der »Aufbruch Bayern« unter Zukunft versteht: schwerfällige, graue Betonfundamente, die wohl als Ersatz für die Klenze'schen Ziegelunterbauten dienen und denen man angesichts schon nach zehn Jahren vor sich hin bröselnder Neuzeit-Pinakotheken in München irgendwie nicht so recht vertrauen möchte.
Hohe Bauzäune aus Metallgittern teilen den Blick hinunter zur Donau in gleichmäßige Rechtecke, als hätte jemand den Fluss auf ein Blatt kariertes Rechenpapier gezeichnet – eine stille, aufgestaute Wasserfläche zwischen Feldern, Kirchtürmen und Schrebergärten. Nicht mehr ganz junge Besucher hocken am Tragflächenrand des Tempelplateaus und lassen die Beine über der Landschaft baumeln, während sie, frech die weißen Sicherheitslinien missachtend, eine mitgebrachte Wurstsemmel verzehren.

»Do not sit outside this line ...« – Bayerischer Hellenismus

Vorbei an dorischen Säulen, von bayerischen Steinmetzen vor 170 Jahren kanneliert, begeben wir uns zum Eingang des vom Zahn der Zeit angenagten Heiligtums und müssen dabei zwangsläufig an den ebenfalls ständig irgendwo renovierungsbedürftigen Parthenon, das Schwesterbauwerk auf der Akropolis, denken. Ebenso wie an diverse griechisch-europäische Abenteuer, angefangen vom Scheitern des bayerischen Griechenkönigs Otto bis zum herakleischen Kraftakt der Euro-Rettung, über den es vielleicht bald einen neuen Mythos von einem mit Blauäugigkeit geschlagenen Sisyphos unter dem blau-gelben Sternenbanner geben wird. Dann aber erreichen wir das Kassenhäuschen, und unsere kleine bayerische Welt hat uns wieder. Drei Euro pro Mann, ein kleines Hefterl über den Bau für zwei Euro dazu, und während man auf das Wechselgeld wartet, liest man eine fein säuberlich einlaminierte und mit der Unterschrift des Verwalters versehene Mitteilung, die von innen an der Glasscheibe pappt:
Man weise auf Grund häufiger Rückfragen darauf hin, dass »unsere Maria Theresia, die Gründerin des Ordens der Armen

Schulschwestern« und Mutter Teresa »zwei verschiedene Persönlichkeiten« seien. Der allseits hoch geschätzte Engel der Armen könne als »Albanerin trotz ihrer Verdienste« niemals Eingang in König Ludwigs Ehrentempel finden, da sie als solche nicht zu den »Größen Teutscher Zunge« gehöre, für die Ludwig seine Walhalla nun mal reserviert habe. Und zwanzig Jahre tot – die zweite von Ludwigs Bedingungen für eine Aufnahme in seine Ruhmeshalle – sei sie darüber hinaus auch noch nicht.

Pech gehabt, Mutter Teresa. Dafür haben geschichtsnotorische Kriegshandwerker wie der Landsknechtsführer Georg von Frundsberg und Albrecht Wallenstein die vom König gesetzten Hürden mit ebensolcher Leichtigkeit genommen wie der Antisemit Richard Wagner und der von den Nazis posthum zum arischen Komponisten erklärte Anton Bruckner, dessen Büste 1937 sogar unter den Augen von Adolf Hitler höchstpersönlich aufgestellt wurde.

Auch wenn man zwischen den marmornen Gesichtern hin und wieder spät hinzugefügte Feigenblätter entdeckt wie den 2010 für würdig befundenen Heinrich Heine, den 1999 hinzugekommenen Albert Einstein oder die 2003 nach längeren Que-

Die drei Fragezeichen – Bismarck, Moltke, Richard Wagner

relen in den erlauchten Kreis aufgenommene Sophie Scholl, beschleicht einen doch auf Schritt und Tritt das Gefühl, dass man den meisten der hier geehrten Persönlichkeiten im wirklichen Leben lieber nicht begegnet wäre.

In besonderem Maße gilt das für die überproportional stark vertretenen Preußen, vom Soldatenkönig Friedrich dem Großen bis hin zu Otto von Bismarck, dem Totengräber der bayerischen Eigenstaatlichkeit, und dessen Generalstabschef Helmuth von Moltke, flankiert von den Haudegen Scharnhorst und Gneisenau sowie dem »Turnvater« Jahn, dessen Name in unserem muskulären Gedächtnis sofort Erinnerungen an schmerzhafte Begegnungen mit Reck- und Barrenstangen wachruft. Da wäre vielleicht was los, wenn die steinernen Lippen all dieser Verewigten in einer mondlosen Gewitternacht auf einmal zu schnarren begännen …

»Hätten Se sich dett träumen lassen, Majesteet«, ruft dann vielleicht Bismarck quer durch den Raum Friedrich dem Großen zu, »dass Se ausjerechnet in so 'm ollen bayerischen Panoptikum versauern müssen?«

»Hör er mir bloß damit auf, Bismarck! Mir steht det bis hier, ständich det doofe Jeplappere von Maria Theresia und dieser Katharina da mit anhören zu müssen, die se auch noch de Jroße nennen. Wat soll denn an der Frau jroß jewesen sein, bitte sehr? Und Voltaire lassen de Bayern hier nich rein, weil der nich teutscher Zunge ist, det is doch 'n Skandal.«

»Der wahre Skandal«, sagt Helmut und wechselt, während er den Kopf zwischen die Schultern zieht, abrupt die dialektale Klangfarbe, »ist doch etwas ganz anderes.« Seine Zunge schießt blitzschnell über die Lippen, die Augenbrauen heben sich, der Oberkörper beginnt rhythmisch zu wippen, und Thomas ahnt schon, was jetzt kommen wird. »Ein Skandal, meine Damen und Herren, ist es, dass ICH nicht in diesem ominösen Bauwerk vertreten bin.«

»Und wo ist der Strauß?«

Und in der Tat: Warum ist ER nicht hier, Franz Josef der Große, wo doch Konrad Adenauer, seinem Mitstreiter in der *Spiegel*-Affäre, seit 1999 die ziemlich sauertöpfisch dreinblickende Büste Nummer 118 gewidmet ist? Schließlich erfüllt Franz Josef Strauß auf vorbildliche Weise die vom König gesetzten Aufnahmekriterien: Albaner war er keiner, und seit 20 Jahren tot ist er auch.
Für die letzte dieser Hürden, darüber sind wir uns einig, muss man dem guten Ludwig im Nachhinein richtig dankbar sein. Sollte unser Langzeit-Kanzler Kohl nämlich irgendwann einmal das Zeitliche segnen, so verhindert diese Maßgabe mindestens zwei Jahrzehnte lang, dass seine Büste hier aufgestellt wird, womöglich noch mit dem Untertitel »Vater der Deutschen Einheit«. In des Königs deutschtümelndes Weltbild würde der Oggersheimer nämlich durchaus passen, und wer weiß, vielleicht findet sich dereinst auch noch ein Fan, der ihm jedes Jahr am 3. Oktober eine Scheibe Pfälzer Saumagen vor die Büste legt?

Ein Fingerhut als Siegestempel – Die Befreiungshalle

Im Auto, donauaufwärts, immer noch auf den Spuren des ersten Ludwigs, immer noch auf der Suche nach der in der Vergangenheit verborgenen Identität von uns Bayern, geben wir uns gegenseitig kleine Erlebnisse zum Besten, die wir am Rande unseres Walhalla-Besuchs mitbekommen haben. Die Eltern, die sich beim Anblick römischer Zahlen augenblicklich in Lateinlehrer verwandeln und ihre Kinder all die Ls, Ms und Xe entschlüsseln lassen, die Ludwig im Mosaikboden der Rotunde hat einlegen lassen. Oder Eheleute, die in dieser bildungsschwangeren Umgebung zu selbst ernannten »Wer-wird-Millionär«-Quizmastern mutieren:

»Weißt du, wer das ist?«

»Keine Ahnung.«

»Du wirst doch Leibniz kennen.«

»Nö.«

»Echt nicht?«

»Jetzt lass mich in Ruhe, ey. Du gehst mir auf den Keks.«

Wir tasten uns am südlichen Stadtrand von Regensburg entlang auf Kelheim zu, quer durch ein geografisches Niemandsland, in dem man schon wieder nicht genau weiß, ob man noch in Niederbayern oder schon in der Oberpfalz ist. Vorbei am Islinger Feld, der ehemaligen »Papstwiese«, auf der »unser« Papst vor Hunderttausenden die heilige Messe gelesen hat, für die – ein einmaliger Vorgang in der autogläubigen Bundesrepublik – sogar ein Stück der A 3 gesperrt wurde, um als Parkplatz für Pilgerbusse zu dienen. Jetzt werden die Wiesen rings um das von diesem denkwürdigen Ereignis zeugende Papstkreuz mit Wohnungen bebaut. Und nach ein paar Generationen weiß vermutlich keiner mehr, warum da mitten in einer Siedlung ein Kreuz steht. Vielleicht würde es den Nachfahren helfen, wenn

die Straße, die zu dem Gelände führt, Joseph-Ratzinger-Allee hieße, aber sie heißt, wir können kaum glauben, was uns unser Navi sagt, … schon wieder »Franz-Josef-Strauß-Allee« – Bonn lässt grüßen.
Aber der schwarze Herrscher, der sich immer wieder in unsere Reisen drängt, interessiert uns im Augenblick weniger. Uns geht es um seinen fernen Vorgänger König Ludwig, auf dessen Spuren wir heute wandeln und der auch bei Kelheim eines seiner steinernen Vermächtnisse in die Landschaft gestellt hat: die Befreiungshalle. Ob er wohl ahnte, dass launige Gastwirte diese Bezeichnung dereinst über den Eingang zu ihren Toilettenanlagen schreiben würden? Wohl eher nicht, denn mit Humor hat es der erste Ludwig offenbar nicht so gehabt. Er war eher ein Kandidat für unfreiwillige Komik, was neben seinen grotesken Liebesaffären auch zahlreiche von königlicher Hand verfasste Gedichte belegen. Während Helmut fährt, liest Thomas vor, wie Heinrich Heine, ein Zeitgenosse des Königs, dessen Dichtkunst beurteilt hat:

»Herr Ludwig ist ein großer Poet,
und singt er, so stürzt Apollo
vor ihm auf die Kniee und bittet und fleht:
Halt ein! ich werde sonst toll, O!«

Kein Wunder, dass der Spötter Heine 154 Jahre lang warten musste, bis er in Ludwigs Walhalla aufgenommen wurde, denken wir, während wir ein Stück des alten Ludwig-Main-Kanals passieren, ein stilles Hafenbecken mit kleinen Kränen am Rand. Der als Poet verunglückte König war auch ein nicht weniger verunglückter Kanalbauer – viel zu schmal war er, sein Wasserweg, und durch die aufkommenden Eisenbahnen schon bald nach seiner Eröffnung so gut wie obsolet. Nur Kohle und Steine wurden hin und wieder noch auf schmalen Kähnen transportiert, bis Ludwigs später Nachfolger FJS die schmale Rinne gewaltig aufweiten und zu einem Teil seines umstrittenen Rhein-Main-Donau-Kanals gemacht hat. Viel mehr als auf dem alten Ludwigskanal ist in dem breiten Betonbett allerdings auch nicht los. Wir fahren extra hin und warten eine halbe Stunde auf eines der modernen Binnenfrachtschiffe, für die das Kanalmonster gebaut wurde, aber lediglich ein paar schlecht besetzte Ausflugsboote ziehen an uns vorbei.

Nach diesem unfreiwillig kontemplativen Zwischenstopp machen wir uns auf zu unserem eigentlichen Ziel. Beschwingt fahren wir die Serpentinen zur Befreiungshalle hinauf. Eines muss man dem König wirklich lassen: Er hat sich für seine architektonischen Ausrufezeichen die schönsten Plätze ausgesucht – hier über dem dramatischen Donaudurchbruch, nur wenige Kilometer vom Kloster Weltenburg mit seinem dunklen Bier und seiner wundervoll verspielten Asam-Kirche entfernt.
Wieder empfängt uns ein riesiger Parkplatz. Die Frau am Kassenhäuschen hat die gleiche robuste Figur wie ihre Kollegin am Walhalla-Parkplatz, trägt die gleiche gelbe Warnweste und knüpft uns mit genau den gleichen Sprüchen genau die gleiche Parkgebühr ab, was in uns sofort den Verdacht nährt, dass die Betreiberfirma dieser Parkplätze entweder diese Frauen klont oder einen speziellen Coach für die Schulung von Parkplatzamazonen an bayerischen Nationaldenkmälern beschäftigt. Oder beides.
Mit der Parkraumbewirtschaftung hören die Gemeinsamkeiten zwischen Walhalla und Befreiungshalle aber auch schon wieder auf, zumindest was das Besucher-Handling betrifft. Befindet man sich auf dem Weg hinauf zur Walhalla noch fest in den fürsorglichen Händen einer warnschilderselig dem 19. Jahrhundert nachtrauernden bayerischen Beamtenbürokratie, so regieren an der Befreiungshalle Barcode, Drehkreuz und eine Tafel mit der Aufschrift »Oben am Monument keine Kaufgelegenheit!«.
So richtig scheint man der Moderne aber auch hier noch nicht zu vertrauen, denn oben an dem kreisrunden Bau, diesem über

Teutsch, teutscher, am teutschesten: Die Befreiungshalle

die Donau gestellten klassizistischen Fingerhut, finden wir dann doch den unvermeidlichen Aufpasser in grauer Windjacke. Ja mei, den Leuten ist schließlich alles zuzutrauen. Da verschandeln wir extra für sie den Eingang zu einem Nationaldenkmal mit zwei greislichen Drehkreuzen, und die täten am End noch die Frechheit besitzen, einfach drunter durchzuschlüpfen, bloß weil sie zu blöd waren, sich unten ihre Karten zu kaufen!

Wir waren natürlich nicht zu blöd dazu, sondern lassen unter den kritischen Blicken der Graujacke unsere brav gekauften Karten vom automatisierten Einlassroboter einziehen, wieder ausspucken und schließlich um 180 Grad gedreht erneut einsaugen. Dann endlich löst sich mit einem gnädigen Klicken der Metallbalken und gewährt uns Einlass ins Innere des Fingerhuts, eine von weihevollem Oberlicht durchflutete Rotunde.

Drinnen sieht man sich einem gewaltigen Kreis von 34 überlebensgroßen, sich an den Händen haltenden Frauengestalten gegenüber, die in ihren weich fließenden Marmorroben auf den

ersten Blick aussehen wie esoterisch angehauchte Hausfrauen bei griechisch-römischer Synchron-Gymnastik. So gesehen müssten auf den goldenen Rundschilden zwischen ihnen die Atomkraft-Nein-Danke-Sonne oder die Anti-Gentechnik-Tomate prangen, aber da liest man ganz andere Dinge: »Schlacht von Großbeeren« oder »Treffen bey Banigkow, V. April MDCCCXIII«.
Was sonst? Schließlich sind die Damen an ihren steinernen Flügeln unschwer als Siegesgöttinnen zu erkennen, und auf den Tafeln hat der bayerische König jedes auch noch so unbedeutende Scharmützel aus den Befreiungskriegen gegen Napoleon verewigen lassen, ganz gleich, ob bei diesen Präludien zur Völkerschlacht von Leipzig nun ein Bayer dabei war oder nicht.
Waren schon schlaue Bürschchen, unsere einstigen Herrscher: Da lassen sie sich erst von Napoleon vom Kurfürsten zum König befördern – »Dankschön, mon Empereur!« – und nebenbei das Staatsgebiet enorm vergrößern – »mog scho sei« –, wofür sie allerdings dem Franzosenkaiser 30 000 Bayern als Kanonenfutter für seinen Russlandfeldzug opfern müssen – »basst scho, mir Bayern und Franzosn müaßn z'ammhalten«. Und als Napoleons Blatt sich dann wendet, wechseln sie fünf Minuten vor zwölf die Seiten und treten dem ins Taumeln Geratenen noch rasch gegens Schienbein, um sich bei den neuen Siegern England, Preußen und Österreich einzuschleimen. »Ja mei, so san mir halt: San ma de Mehrern, san ma de Schwerern, wer ko, der ko, der Ober sticht den Unter, de Andern machen's doch genau so, und jetzt lasst's uns unser Ruah!«

Wer soll es uns Bayern groß verübeln, dass wir schon damals kein Rückgrat hatten, denken wir, während eine Mutter ihre in einem FC-Bayern-Trikot steckende Tochter vor einer der barfüßigen Siegesgöttinnen ablichtet. Staaten haben nicht nur im 19. Jahrhundert ihre Koalitionen oft schneller gewechselt als ihre Monarchen die Unterwäsche. Dass aber Ludwig I. – zur Zeit der Befreiungskriege Kronprinz und in heftiger Opposition gegen seinen zunächst noch franzosenfreundlichen Vater – zur Erinnerung an diese wenig rühmliche Tat so einen deutschtümelnden – Pardon, Ludwig hätte natürlich »teuschtümelnden« gesagt – Palast wie diese Befreiungshalle in die bayerische Landschaft stellt, gibt einem schon zu denken, ebenso wie die Verbissenheit, mit der er selbst nach seiner Abdankung 1848 Jahr für Jahr einen Teil seines Ruhegehalts in den Weiterbau seines Siegestempels steckt.

Das muss man sich einmal vorstellen: Da geht in den Jahren zwischen 1848 und 1866 überall in den Klein- und Mittelstaaten des Deutschen Bundes die Angst vor einem alles sich einverleibenden Preußen um, da versucht Ludwigs Sohn Maximilian verzweifelt, sein Land auf einem Kurs zu halten, der dessen staatliche Eigenständigkeit bewahrt. Und was macht sein Vater, der Herr Ex-König? Er hat nichts anderes im Sinn, als mit seiner Befreiungshalle hoch über der Donau preußischem Militarismus und alldeutscher Großmannssucht ein monumentales Denkmal zu setzen.

Rhythmische Sportgymnastik für Siegesgöttinen

Eine bayerische Doppelzüngigkeit, die sich auch später immer wieder mal zeigt. Wenn Bayern den Hitlerputsch im Gewehrfeuer seiner Polizisten scheitern lässt, danach aber dem Wiederaufstieg der Nazis fast tatenlos zusieht; wenn Bayern das Grundgesetz ablehnt und trotzdem nach 1945 keine Anstalten macht, wieder ein vollwertiger Staat zu werden; wenn heute die CSU gegen europäische Regelungssucht wettert und gleichzeitig Direktiven aus Brüssel mit musterschülerhaftem Übereifer in Verordnungen gießt, dann zeigt sich überall dieses ganz spezielle Janusgesicht unter dem gamsbartgeschmückten Trachtenhut.

Steht man vor der Walhalla oder der Befreiungshalle darf man sich dann schon mal fragen, wer von den beiden Ludwigs eigentlich den größeren Knall hatte: der Erbauer von Herrenchiemsee und Neuschwanstein oder der Schöpfer solcher »Nationalmonumente«?

Alte und neue Heimat

Schongau – Zeigt mir den Kopf von Franz Josef Strauß …

»Durch das Münztor und dann scharf rechts!«
Das war zur Abwechslung mal nicht das Navi, das war Helmut, und wäre es nicht so gefährlich, mit geschlossenen Augen Auto zu fahren, könnte man sagen: Helmut kennt den Weg in seiner Geburtsstadt Schongau auch heute noch blind. Zumindest, wenn er an Orte führt, die für ihn interessant sind. »Durch die Bauerngasse und dann vor das ehemalige Schongauer Schloss.«
Da steht es also, das erste – und unseres Wissens einzige – Strauß-Denkmal in Bayern. Eine Stele aus rötlich schimmerndem, im Rautenmuster poliertem Granit, auf der ein ziemlich mürrisch dreinblickender Bronzekopf des Großen Vorsitzenden drapiert ist wie eine auf einer Platte angerichtete Jagdtrophäe. Auch wenn man sofort an Machenschaften politischer Gegner denkt (wieso *roter* Granit, wieso nur der Kopf, der aussieht wie abgeschlagen?), versichert eine Bronzetafel an der Seite der Stele glaubwürdig, dass es der Schongauer Ortsverband der CSU war, der seinem Gründungsmitglied 1989 diese Ehre angetan hat. Man kann sich seine Bewunderer eben nicht aussuchen.
»Und seine politischen Ämter auch nicht«, meldet sich auch schon unser privater FJS zu Wort. »Jedenfalls nicht nach dem Krieg. Da hat man nehmen müssen, was man gekriegt hat.«
Ja, klar, wissen wir. In Altenstadt bei Schongau am 8. Mai 1945 in Kriegsgefangenschaft geraten, am 1. Juni von den Amerikanern zum Schongauer Landrat gemacht. Schicksale gibt's …

Der Mann im Granit

»Ässistänt Ländrät. Because I spoke a werry gud Inglisch. ICH war es doch, der den Amerikanern erst einmal erklärt hat, dass ›Landrat‹ nicht das englische Wort für Landratte ist …«

Okay. Very good. Aber lassen wir das. Einen Landrat gibt es nämlich in Schongau schon lange nicht mehr, denn bei der Gebietsreform Anfang der 70er-Jahre wurden Stadt und Umgebung trotz heftiger Proteste dem Landkreis Weilheim zugeschlagen. Vielleicht ist ja das Denkmal mit dem abgeschlagenen Strauß-Kopf die subtile Rache der Schongauer dafür, dass der eben nur vermeintlich allmächtige Parteivorsitzende Strauß – ein erklärter Gegner dieser Fusion – die Demütigung trotz mehrmaliger Intervention von Bonn aus nicht verhindern konnte.
So mächtig, wie manche heute glauben, war eben auch er nicht. Da war der Wittelsbacher Herzog Christoph der Starke schon aus einem anderen Holz geschnitzt. Der hat im 15. Jahrhundert immerhin einen sieben Zentner wiegenden Stein neun

Fuß weit geschleudert, wie eine kraftmeiernde Wandmalerei an der Südwand des Schongauer Schlosses anschaulich darstellt. Von Franz Josef Strauß sind derlei sportliche Höchstleistungen nicht überliefert.
»Aber dafür habe ich mit starken Worten um mich geworfen.«
Oh ja, wir erinnern uns noch gut daran, wie du kritische linke Schriftsteller als Ratten und Schmeißfliegen bezeichnet hast. Und bei der Schleyer-Entführung im Herbst 1977 von Helmut Schmidt verlangt hast, jeden Tag einen der inhaftierten RAF-Terroristen erschießen zu lassen …
»Ich hab da eher an was anderes gedacht. Wie ich Helmut Kohl einen Filzpantoffelpolitiker genannt hab und den Genscher eine Mischung aus schlauem Sachsen und libanesischem Rosinenverkäufer. Da muss man erst einmal draufkommen!«
Es ist schon erstaunlich, wie viel Oberwasser der stets in Helmut steckende FJS hier an dieser ehemaligen Stätte seines Wirkens bekommt. Und während wir vor seinem missglückten Denkmal stehen, empfinden wir eine gewisse zeitgeschichtliche Ironie angesichts der Vorstellung, dass der ehemalige rechtskonservative Schongauer Landrat ausgerechnet einem ehemaligen Schongauer Buben einen gewaltigen Schub in seiner kabarettistischen Karriere gegeben hat. Zu Strauß' Lebzeiten wäre das alles vermutlich etwas anders gelaufen.

Der leibhaftige Strauß hätte es wohl kaum geduldet, dass da ein wiederauferstandener Franz Josef unter dem Ziehen sämtlicher Strauß'scher Brachialregister posthum gegen seine CSU und sein Gedankengut wettert – und das vor einem Publikum, das manchmal in die Tausende geht. Wie an jenem 3. Oktober 2012 auf dem Münchner Odeonsplatz, dem Tag der Deutschen Einheit, der ja pikanterweise zugleich Strauß' Todestag ist.
»Das sieht diesem Helmut Kohl wieder mal ähnlich, diesem Pfälzer Politsaumagen: Ausgerechnet an dem Tag, an dem ich von allen meinen irdischen Ämtern zurückgetreten bin, seine sogenannte Deutsche Einheit auszurufen. Dabei bin ICH der

wahre Vater der Einheit. Wer hat denn schon 1985 dem Gorbatschow gesagt: ›Den Kommunismus effizienter machen zu wollen ist, als wolle man Schneebälle rösten.‹ – Da bleibt nix übrig.«
Ja, und zwei Jahre später bist du an Weihnachten eigenhändig nach Moskau geflogen. Im Schneesturm, und mit der halben CSU-Spitze an Bord.
»ICH war damals eine größere Gefährdung für den internationalen Luftverkehr, als es jeder isländische Vulkan oder islamistische Terrorist jemals sein wird. Und wie ich dem Gorbatschow dann noch meine Begleiter vorgestellt habe: den kreativen Steuersparer Gerold Tandler, den Euro-Chaoten in spe Waigel, den späteren G8-Versemmler und Transrapid-Verlierer Stoiber und den Verbal-Rocker Scharnagl, da hat sich der Gorbatschow doch gesagt: Bevor diese Typen noch mal bei uns einfallen, mach ich lieber die Mauer auf.«
Jaaa, Franz Josef. Wissen wir. DU bist verantwortlich für den sächsischen Kellner, der uns vorhin beim Mittagessen eine halbe Stunde lang auf unsere Getränke hat warten lassen …
Aber da ist noch etwas anderes: Als »unser« Strauß am Odeonsplatz genau diese Worte sagte, brach das Einheitsfeierpublikum, genervt von den zuvor auf Großleinwänden übertragenen europaseligen Feiertagssalbadereien der »echten« Politiker, in erleichtertes Gelächter aus, in einen befreiten Jubel wie in alten Zeiten. Sehnsucht heißt ein altes Lied der Taiga, und Sehnsucht war da am Odeonsplatz überdeutlich zu spüren, Sehnsucht nach Klarheit, deftigen Worten und politischer Überschaubarkeit.
Diese Sehnsucht, bei der einem beileibe nicht immer wohl ist, spielt sicher auch mit, wenn ältere Menschen in die Fahrradbremsen treten, sobald sie Helmut erblicken, und verzückt ausrufen: »Da ist der Strauß!!«
Und sie hört nicht beim einfachen Wahlvolk auf. Wir erinnern uns noch gut daran, wie bei jenem inzwischen in die Annalen eingegangenen Nockherberg 2010 im Anschluss an das Sing-

spiel der amtierende Ministerpräsident Seehofer auf der Suche nach Helmut für ein gemeinsames Foto durch die Kulissen irrte und rief: »Franz Josef, wo bist du? Hallo, Franz Josef, komm zu mir!?!« Da muss man direkt aufpassen, dass einem nicht selbst die Realitäten durcheinandergeraten.
Es gibt im Rheinland eine Kaufhauskette mit dem Namen »Strauss«. Helmut erzählt, wie er dort kürzlich einmal, strumpfsockig zwischen Umkleidekabine und Jeans-Regal stehend, von einer älteren Frau angesprochen wurde: »Sind Sie vom Strauss?« Leider nuschelte die Dame so sehr, dass Helmut verstand: »Sie sind der Strauß«, was er sofort mit leisem Stolz bejahte – schließlich wird er zwischen Rhein und Ruhr nicht allzu oft erkannt.
Während Helmut sich innerlich schon auf eine kleine Lobrede Marke »Ich habe Sie mal im Kabarett gesehen, ich finde das ja köstlich, wie Sie das machen …« einstellte, meinte die Dame nur: »Dann können Sie mir sicher sagen, wo ich hier Lederhandschuhe finde.«
Auch wenn Strauß sich immer sehr fürs Geschäft interessiert hat, Verkäufer in der Herrenabteilung eines Kaufhauses war er nie.

Wir lösen uns von dem Denkmal und gehen zu Fuß weiter durch ein Schongau, das mit Helmuts Kindheitserinnerungen aus den 70er-Jahren nicht mehr viel zu tun hat. Damals war die Stadt trotz ihrer Schattenlage abseits der Autobahn ein durchaus funktionierender Mikrokosmos, eine eigenwillige Mischung aus Bauerndorf und Industrieort, die innerhalb ihrer bis heute intakten Stadtmauern eine lebendige Geschäftswelt, den Verlag einer unabhängigen Heimatzeitung, zahlreiche Wirtshäuser und sogar ein Kino beherbergte.
In dieser Zeit hatte sich die Bahn noch nicht »aus der Fläche zurückgezogen« – wie man den Kniefall der Eisenbahn vor dem Auto euphemistisch umschreibt –, und Schongau war ein Nebenbahnknoten, an dem die Strecken von Landsberg, Kaufbeuren und Weilheim zusammenliefen. Der kleine Helmut ver-

brachte ganze Sonntagvormittage damit, den Güterzügen der beim Rangieren zuzuschauen, und einmal hat er sich mit Hilfe seines Großvaters in den Ringlokschuppen geschlichen. Sie sind auf die abgestellten Lokomotiven geklettert und haben sich in ihre Führerstände gestellt, die über das Wochenende nicht verschlossen waren – unvorstellbar in der heutigen Zeit, wo einem jeder Quadratzentimeter öffentlichen Raumes videoüberwacht erscheint, selbstverständlich zu unserer eigenen Sicherheit. Trotz dieses Mangels haben wir die damalige Zeit überlebt. Der Lokschuppen leider nicht. Woanders hätte man das Bauwerk aus den 20er-Jahren möglicherweise einer kulturellen Nutzung zugeführt, in Schongau hat man es abgerissen und die Fläche einer Supermarktkette zur Verfügung gestellt.
Auch die kleine Molkerei am Rand der Innenstadt mit dem schönen Namen »Erstes Bayerisches Butterwerk Schongau« ist längst dem Erdboden gleichgemacht. Helmut erinnert sich, wie in seiner Kindheit sogar Lastwägen aus dem Iran, der damals noch Persien hieß, bis vor die großelterliche Haustüre standen, um in der Käserei riesige Laibe Emmentaler Käse in ebenso riesigen Mengen abzuholen. Dass der Schah damals beste Beziehungen zu Bayern und den Schweizer Banken hatte, ist bekannt, dass er offenbar auch ein Faible für in Bayern hergestellten Schweizer Käse hatte, wirft nachträglich ein ganz anderes Licht auf ihn und sein Land.
Heute unterliegt der Iran einem Handelsembargo, das sich vermutlich auch auf Schongauer Emmentaler erstreckt, und das Butterwerk ist längst wieder neu erstanden. Am Ortsrand, wo es jetzt in Verkennung jeglicher geografischer Grundkenntnisse »Hochland« heißt und in seiner Werbung von sich behauptet, die größte und modernste Weiß- und Frischkäsefabrik Europas zu sein. Wen interessiert heutzutage schon der Geschmack eines Käses? Hauptsache, er kommt aus einer großen und modernen Fabrik.

Quer durch das Gewerbegebiet, das wie ein Geschwür an der alten Stadt hängt, verlassen wir Schongau und fahren über Burggen, den letzten Winkel Oberbayerns, der sprachlich schon tiefes Schwaben ist, nach Bernbeuren und dann weiter auf den Auerberg. Helmut hat noch lebhafte Erinnerungen an die legendären Auerbergrennen der 70er-Jahre. Der ganze Landkreis stand kopf, wenn höllisch laute Rennautos und -motorräder den »großen Bruder des Hohen Peißenbergs« hinaufbretterten. Seit 1989 gibt es das nicht mehr, aus Umweltgründen, dafür quälen sich jetzt Kolonnen von mehr oder weniger fitten Rennradfahrern die Serpentinen hinauf. Von Dopingskandalen hat man bisher noch nichts gehört.
Über eine knarzende Holztreppe erklimmen wir den Turm der auf dem Gipfel des Auerbergs thronenden St. Georgskirche und treten hinaus auf eine gewagt zwischen Turm und Kirchendach hinbalancierte Aussichtsplattform.
Zum Glück leiden wir nicht unter Höhenangst, denn von den 1055 Berg- und noch mal etwa 20 Kirchturm-Metern herab haben wir einen atemberaubenden Blick, der nach Westen so weit ins Allgäu hineinreicht wie im Osten nach Oberbayern. Angeblich soll man an einem klaren Tag von hier aus einen Alpenblick vom Wendelstein bis zum Bregenzer Wald haben und darüber hinaus auch noch 170 Dörfer sehen können. Bei uns verliert sich der Blick relativ bald im Nebel, aber wir verstehen, warum hier oben auf dem Berg die Römer schon vor 2000 Jahren ihre erste Legionärssiedlung in Bayern errichtet haben – übrigens kurz nachdem sie ausgerechnet bei Oberammergau die Einheimischen unterworfen hatten. Von diesem Aussichtspunkt aus kann man nicht nur jeden herannahenden Einheimischen schon kilometerweit erkennen, hier hatte der Legionär darüber hinaus auch den Eindruck, die halbe von Rom beherrschte Provinz Raetien wie in einem begehbaren Bilderbuch unter sich liegen zu sehen.

Neugablonz – Stadt der Heinzelmännchen

Unser nächstes Ziel hat ebenfalls mit Geschichte zu tun, allerdings mit der sehr viel jüngeren: Wir steuern, nachdem uns bergab rasende Rennradfahrer auf den Serpentinen des Auerbergs den einen oder anderen kurzzeitigen Herzstillstand beschert haben, erwartungsvoll auf Kaufbeuren zu, genauer gesagt, auf dessen Ortsteil Neugablonz. Schon der Name macht einen neugierig, denn er sticht unter den fünf 1945 neu gegründeten Ansiedlungen für die Vertriebenen des Zweiten Weltkriegs deutlich hervor. Während Neutraubling, Geretsried, Traunreut und Waldkraiburg mit ihren -ling, -ried, -reut und -burg-Endungen fast schon in verbalen Lederhosen daherkommen, handelt es sich bei der Endung -lonz im bayerischen Ortsnamenkosmos schon um einen Solitär.

Der erste Eindruck, den wir von Neugablonz bekommen, ist allerdings eher gewöhnlich: Reihen um Reihen von bescheidenen Eigenheimen, hin und wieder unterbrochen von mehrgeschossigen Mietskasernen, hinter denen ein paar Getreidesilos in den Himmel ragen.
Aber Moment mal, das sind ja gar keine Getreidesilos, das ist auch kein Zementwerk, das sind Kirchtürme, kantig-klobige Gebilde aus den 50er-Jahren, wie sie auch andere bayerische Städte hier und da verunstalten. Was für ein Gottesbild aus diesen Betongebilden spricht, sei einmal dahingestellt, uns interessiert eher die Tatsache, dass man hier in kurzem Abstand gleich zwei dieser Monstrositäten erblickt – den Turm der evangelisch-lutherischen Kirche, der wenigstens noch ein seltsam gedrückt wirkendes Alibi-Dächlein trägt, und den der katholischen Herz-Jesu-Kirche, die derlei Maskerade offenbar nicht nötig hat: ein kantiger, in die Höhe gezogener, fensterloser Klotz mit einem wie nachträglich eingesägt wirkenden Schlitz, hinter dem man wohl (ebenfalls würfelförmige?) Glocken vermuten darf.

Fertighaus Gottes – die Herz-Jesu-Kirche in Neugablonz

Kopfschüttelnd wundern wir uns wieder einmal darüber, dass den Architekten nach dem Zweiten Weltkrieg offenbar nichts anderes einfallen wollte als diese triste, grobschlächtige Bunkerarchitektur, die sich ihre Inspirationen offenbar von Fabrikhallen und Tiefgaragen geholt hat.
Sicher, man darf nicht ungerecht sein. Als mit den Strömen der erzwungenen Völkerwanderung bei Kriegsende Tausende von Vertriebenen an den Rand Kaufbeurens gespült wurden, war an diesem Ort gar nichts – nur die Ruinen einer Sprengstofffabrik und die Zwangsarbeiter-Baracken eines ehemaligen Außenlagers des KZ Dachau, in denen viele Flüchtlinge erste Unterkunft fanden. Dass man da zehn Jahre später keine Asam-Kirche hinstellen kann, ist klar. Und dass man hier und anderswo in Bayern, wo Millionen von Flüchtlingen und Vertriebenen eine neue Heimat gefunden haben, eine gewaltige Integrationsleistung vollbracht hat, auch. Vor diesem Hintergrund verwundert es einen dann schon, dass man heute ein paar Hundert

Asylbewerber aus Südosteuropa schon als eine derartige Bedrohung empfindet, dass sich daraus jederzeit politischer Sprengstoff basteln lässt.

Für politischen Sprengstoff – wenn auch ganz anderer Art – hat auch ein ganz anderer Aussiedler gesorgt, der 1970 nach einer langen Irrfahrt in Neugablonz Asyl gefunden hat. Er ist an die drei Meter groß, ganz aus Metall und steht auf einem Brunnen direkt vor der Herz-Jesu-Kirche, vor deren architektonischer Antimaterie er sich trotz heroisch-steifer Pose und Ritterrüstung wie eine Allegorie der Sinnlichkeit ausnimmt. Das sollte er aber nie sein, dieser Rüdiger von Bechlaren, ein Held der Nibelungensage, der sich da, wie die per Smartphone zu Hilfe gerufene Wikipedia zu berichten weiß, angeblich ins Gebet vertieft. Wir finden ja eher, dass seine in Eisenhandschuhen steckenden Hände so aussehen, als würde er provozierend mit den Fingergelenken knacken und sagen: Kommt nur her, wenn ihr euch traut!
Vielleicht war das ja mit ein Grund dafür, dass es Ende der 60er-Jahre Proteste gegen die Aufstellung dieses »Revanchistendenkmals« gab, das auf verschlungenen Wegen ins Allgäu kam: Als einziges Überbleibsel eines gigantischen, aber nie fertiggestellten Nibelungenbrunnens für die Stadt Wien verschlug es den Rüdiger 1924 nach Gablonz an der Neiße, wo man aus ihm einen Brunnen vor der Herz-Jesu-Kirche machte. Nach dem Zweiten Weltkrieg, als in der kommunistischen Tschechoslowakei die Luft für deutsche Heldenfiguren ziemlich dünn wurde, hat man ihn durch ein Denkmal für die siegreiche Sowjetarmee ersetzt und in ein Depot verbannt. Erst nach langen Verhandlungen konnte er 1968 käuflich erworben und nach Neugablonz geholt werden – quasi als letzter, dafür aber größter und schwerster aller Vertriebenen, die hier ihre neue Heimat gefunden haben.
Es ist dieser Brunnen, aufgestellt vom »Anpflanzungs- und Verschönerungsverein« (»Der Fortpflanzungsverein würde mich mehr interessieren«, meint Helmut), der uns den Schlüssel zum

Beten nach Nibelungenart – der Rüdigerbrunnen in Neugablonz

Verständnis von Neugablonz an die Hand gibt. Das hier ist keine bayerische Stadt und schon gar keine Allgäuer Stadt (während unseres ganzen Aufenthalts hören wir kein einziges Wort Allgäuerisch), hier hat man seit 1945 unermüdlich genau das getan, was der Ortsname ja schon sagt: Man hat sich ein neues Gablonz gebaut.

Im Isergebirgs-Museum am Neuen Markt in der Ortsmitte wird das überdeutlich. Hier, wo man auf langsam verbleichenden Schwarz-Weiß-Fotos tief in die verlorene Welt des Sudetenlands eintauchen kann, müssen wir sogar den Erbauern der Herz-Jesu-Kirche teilweise Abbitte leisten: Bei dem von uns als Kathedralenbunker geschmähten Bau handelt es sich allem Anschein nach weniger um ein Dokument architektonischer Ideenlosigkeit der Nachkriegszeit als um den gar nicht mal so misslungenen Versuch, das gleichnamige Gotteshaus aus Original-Gablonz im Stil der 50er-Jahre nachzubauen.

Angesichts von so viel Energie, das verlorene Zuhause in der Fremde wieder zu erschaffen, keimt in einem fast schon der Verdacht auf, auch die Allgäuer Alpen könnten möglicherweise ein Nachbau sein. Ein Nachbau des Isergebirges, dem dieses Museum gewidmet ist und das den Neugablonzern auch heute noch so gegenwärtig ist, dass die Plakate am Schaufenster des einzigen Cafés am Neuen Markt nicht nur zu einem Vortrag zum Thema »Besessen, verflucht oder seelisch krank?« einladen, sondern auch zu einem »Zeitzeugenstammtisch« zum Thema »Wintersport im Isergebirge«.

Hätten wir mehr Zeit, würden wir dort zu gerne vorbeischauen, um bei Filterkaffee und Flaselkuchen mehr über die »Heimat« erfahren, wie ältere Neugablonzer das längst in Jablonec umbenannte Gablonz noch immer nennen. Nicht »alte Heimat«, nur »Heimat«, als würden sie irgendwann einmal dorthin zurückkehren.

Bestimmt würden an diesem Stammtisch auch die Namen der Orte fallen, nach denen hier viele Straßen benannt sind: Albrechtsdorf, Proschwitz, Marchowitz – kein Wunder, dass sich der Stadtplan von Neugablonz teilweise wie eine Wanderkarte durch das 600 Kilometer entfernte Isergebirge liest.

Und wenn eine Straße hier keinen Bezug zur geografischen »Heimat« hat, dann erinnert ihr Name zumeist an das, womit sich schon die Ur-Gablonzer in der k. u. k.-Zeit vornehmlich beschäftigt haben: an die Herstellung von Modeschmuck und dekorativen Gegenständen aus Glas, nachgemachten Edelsteinen und galvanisch zu Gold und Silber aufgeschöntem, nichtedlem Metall.

Glasstraße, Goldstraße, Silberstraße, Perlengasse, Knopfgasse, Gürtlerstraße, Hüttenstraße, Schmelzerweg lesen wir bei einer Fahrt durch die Stadt, die uns wie ein kolorierter und nachträglich in 3D verwandelter Schwarz-Weiß-Film der 50er-Jahre vorkommt. Fehlt nur noch, dass ein fröhlich trällernder Heinz Erhardt um die Ecke biegt. Auch eine Zwergstraße entdecken wir, die vielleicht symbolisieren soll, dass hier in kleinen Werk-

stätten mit heinzelmännchengleichem Bienenfleiß tagein, tagaus gehämmert, geschliffen, geschmolzen und gelötet und am märchenhaften Aufstieg von Neugablonz gearbeitet wurde. Schon in der Stunde null, wenige Monate nach dem Ende des Zweiten Weltkriegs, haben sie hier angefangen, aus weggeworfenen Blechdosen der Amerikaner sowie aus Bakelitabfällen und Glasscherben Schmuck zu machen. Und zwar in Heimarbeit, als viele von ihnen noch nicht einmal ein richtiges Zuhause hatten.
Inzwischen fällt es den Schmuckherstellern von Neugablonz immer schwerer, asiatischer Billigkonkurrenz Paroli zu bieten, und viele Betriebe suchen ihr Heil in moderneren Geschäftsfeldern wie der Produktion von elektronischen Bauteilen und speziellen Zulieferteilen für die Automobilindustrie.
Was aber nicht heißt, dass es sie nicht mehr gäbe, die unermüdlich heimwerkelnden Heinzelmännchen mit dem weichen sudetendeutschen Dialekt, auch wenn viele von ihnen – inzwischen ins Rentenalter gekommen – ihren früheren Beruf jetzt eher als Hobby ausüben. Und so finden sich hinter den Eternitfassaden Neugablonzer Einfamilienhäuser auch heute noch Menschen, die den ganzen Tag lang auf fauchenden Gasbrennern die Enden für Jahrzehnte gebunkerter bunter Glasstangen abschmelzen, um sie dann in schweren Eisenzangen, den Folterwerkzeugen der spanischen Inquisition nicht unähnlich, zu dekorativen Schmuckperlen zu pressen.
Und wenn einer der alten Kunden, zu denen auch schon mal ein international renommierter Modeschmuckzar wie Christian Dior gehören kann, einen Spezialauftrag vergibt, dann wecken die rüstigen Heinzelrentner ihre sauber eingeölt vor sich hin schlummernden Werkstätten bereitwillig aus dem Dornröschenschlaf.

Und trotzdem: Im Straßenbild von Neugablonz kann man einen gewissen Niedergang nicht leugnen. Nicht, dass hier etwas heruntergekommen wirken würde – so was würden die

Heinzelmännchen nie zulassen, das hat es schließlich in der »Heimat« auch nie gegeben. Aber wenn man genauer hinschaut, dann sieht man sie, die hellen Stellen an den Häuserwänden, die abgeschraubte Firmenschilder hinterlassen haben, und die »Zu vermieten«-Plakate in leeren Schaufenstern. Und bei einer der wenigen größeren Werkstätten – von einstmals fünf Glashütten ist nur noch eine einzige übrig geblieben – verkündet eine Tafel: »Wir suchen«, und dahinter kommt … nix. Die zusteckbaren Schilder mit den Jobbezeichnungen sind wohl nach Indien ausgewandert.

Spricht man mit alten Neugablonzern, dann sehen sie den Niedergang ihres Ortes ganz woanders. In den wodkabefeuerten Saufgelagen junger Russlanddeutscher zum Beispiel, die am Wochenende hinter der Shell-Tankstelle die Stereoanlagen ihrer Autos bis zum Anschlag aufdrehen. Ihre Eltern kamen in den 90er-Jahren, als Helmut Kohl sich seine Wähler quasi in Russland aus dem Katalog bestellte. Wer irgendwann einmal einen deutschen Vorfahren hatte, galt als Spätaussiedler und durfte nach Hause in die Bundesrepublik, wo er dann in der Wahlkabine sein Dankbarkeitskreuzchen – hoffentlich – bei der Partei des Dicken machte. Inzwischen haben auch russische Negativimporte wie Russenmafia und Drogenhandel Einzug in Neugablonz gehalten, und die Alt-Neugablonzer vergessen manchmal vor lauter Angst, dass auch sie vor drei Generationen als Fremde hier Aufnahme fanden.

Auf der Straße der Herzen – Altötting

Auf der B 12 fahren wir nach Osten, vorbei an braungelben Straßenbäumen, vor denen Marterln mit den Bildern ums Leben gekommener Jugendlicher stehen, und alten Dorfwirtshäusern, die heute »da Giovanni« oder »Taverna Athen« heißen. Eine Tankstelle mit Backshop und Stehcafé, reiterbehelmte Kinder auf kleinen Pferden, die neben Feldern voller blau glänzender Solarpaneele von irgendeinem verfrühten Leonhardiritt zurückkehren. Wegweiser nach Hundsöd und Rattenkirchen, und hinter trostlosen Siedlungshäusern der markante Turm von Haag.

Wir folgen – so in etwa – dem Weg, den seit 1651 immer wieder die Herzen bayerischer Herrscher genommen haben, zuerst mit Pferd und Wagen, später dann mit der Eisenbahn. Und das, nachdem sie aufgehört hatten zu schlagen, die Herzen, wohlgemerkt.

Heute mutet es uns seltsam, ja makaber an, dass über Jahrhunderte viele Wittelsbacher Fürsten ihren Körper in München, ihr Herz aber in Altötting beisetzen ließen, in Wandnischen der dortigen Gnadenkapelle, direkt gegenüber der Schwarzen Madonna, der Patrona Bavariae. Der wollen wir einen Besuch abstatten, vor allem aber den Herzen von Kurfürsten und Königen, die mal mehr, mal weniger für Bayern geschlagen haben.

»Wir bauen für Sie – Neubau der A 94«, schreit ein Schild in die Landschaft. Ein breites Asphaltband frisst sich, gesäumt von Lärmschutzwällen, durchs Land: So nimmt die vor Jahrzehnten als »Tandlers Wallfahrerautobahn« verlachte und wegen ihrer naturverachtenden Trassenführung durchs Isental heftig umstrittene Asphaltpiste also doch noch Gestalt an. Welche aktiven und ehemaligen CSU-Minister dafür wohl auf Knien um die Gnadenkapelle herumgerutscht sind?

Altötting schließlich, am Ende der Reise, präsentiert uns schuhschachtelige 80er-Jahre-Häuser und trübsinnig-inspirationslose Neubauten. Das Übliche halt in unserem schönen Land. Die grünhaubigen Spitztürme der Stiftskirche stechen hinter einem quietschgelb gestrichenen POCO-Einrichtungshaus in den Himmel einer Stadt, die ausschließlich mit anderen Gnadenorten verschwistert ist: Fatima, Loreto, Lourdes, Tschenstochau – eine katholische Champions League der Wallfahrtsstädte und -stätten. Im November, so hat man uns erzählt, soll über Altötting eine vorwinterliche Stille liegen, ein fast schon melancholisches Innehalten nach dem sommerlichen Ansturm der Pilgergruppen aus allen Teilen des Landes – manche sagen lieber: aus aller Welt. Im November soll man es noch erleben können, das stille Altötting ohne den Massenansturm busladungsweise herangekarrter Büßer, Heilssucher und Marienanbeter. »Fahrt's im November hin, dann is da staad.«
Staad! Von wegen. Heute, am 4. November, ist »Tillymarkt« in der Stadt. Offene Geschäfte – so viel zum »heiligen Sonntag«! –, überfüllte Parkplätze, die Innenstadt voller Würstlstände und Verkaufsbuden. In den scharfen Schatten der tief stehenden Herbstsonne lauert schon die Winterkälte, und ein Stand des Lions Clubs der Stadt verkauft Adventskalender, bei denen man ein koreanisches Auto, einen koreanischen Flachbildfernseher und ein in China gefertigtes iPad gewinnen kann. Ländlich angetrachtelte Sonntagspaare schieben sich an Bretterbuden mit Kräuterbonbons, Pferdesalben und Dinkelspelzkissen vorbei, hinter ihren braungrauen Lodenschultern glotzen die leeren Schaufensteraugen zur Vermietung stehender Läden. Dönersoße tropft aus dicken Semmeln auf das Pflaster der Fußgängerzone.
Warum, so fragt man sich, heißt diese Veranstaltung nur »Tilly-Markt«? Hier gibt es Tiroler Spezialitäten, Rosswürste, Nutella

Crêpes, Weihnachtsgestecke in der Form von Rehen, winddichte Handschuhe, Bratpfannen, Backformen aus Silikon, auch in Herzform, aber in puncto Tilly: Fehlanzeige. Mag sein, dass in einem der geöffneten Supermärkte ein paar Plastikflaschen mit Palmolive im Regal stehen, für das in den 90er-Jahren eine gewisse Tilly Fernsehreklame gemacht hat (»Sie baden gerade Ihre Hände drin.« – »In Spülmittel???«).
Aber vom »echten« Tilly, dem Feldmarschall der katholischen Liga aus dem Dreißigjährigen Krieg, keine Spur. Wenn man den sehen will, muss man schon in die Stiftspfarrkirche gehen und sich über eine gefährlich steile Steintreppe hinunter in eine enge Kammer tasten. In klaustrophobischer Enge stehen da fünf Metallsärge. Zwei, von denen einer so klein ist, dass nur ein Kind darin liegen kann, hat man direkt neben die Treppe gezwängt, drei größere haben an der Wand gegenüber etwas mehr Platz. Die zwei links und rechts sind aus verbeultem Blech, der dritte, der in der Mitte, aus angelaufener Bronze. Auf

Tillys Schneewittchensarg

Kopfhöhe ein Fenster aus Glas, die Scheibe spiegelt, es ist schwer, ins Innere des Sargs zu sehen. Lorbeerblätter meint man auszumachen im schwachen Licht der Gruft, aber vor allem einen Schädel, im Lauf von Jahrhunderten braun geworden, im Oberkiefer stecken nur noch ein paar Zähne. Jemand hat mit einem glatten Schnitt die Schädeldecke abgesägt und sie anschließend wieder auf den Kopf gelegt, die Exaktheit des Schnittes mutet seltsam chirurgisch an und will nicht so recht zum Dreißigjährigen Krieg passen, dessen Ende Tilly nicht mehr erlebt hat.

Der Franzosenkaiser Napoleon, so erinnert sich Thomas an Gelesenes, hat bei seinem Besuch in Altötting angeblich den sorgsam zugelöteten Sarg öffnen lassen, woraufhin das Fleisch der bis dahin bestens konservierten Leiche vor den Augen des Imperators zu Staub zerfallen sein soll. Wer weiß, vielleicht hat ja Napoleon dem Toten den Schädel aufsägen lassen, nur um zu sehen, was vom Hirn eines berühmten Kriegsmannes nach über 150 Jahren noch übrig ist?

Auch sonst, das muss man hier unten in seiner Gruft schon mal konstatieren, ist man mit dem toten Tilly im frommen Altötting nicht gerade zimperlich umgegangen. Erst neulich, erzählt Helmut, hat ihm der Passauer Bischof sein Benefiziat gestrichen, für das er 1630, zwei Jahre vor seinem Tod, der Kirche ein Vermögen hingeblättert hat. Bis in alle Ewigkeit, so verfügte es der »Feldherr der Christenheit«, sollte jeden Tag um 7 Uhr früh in der Kapelle oberhalb der Gruft eine Messe für ihn gelesen werden, vor einem schwarzen Hochaltar, auf dem er selbst kniend vor dem Gekreuzigten verewigt ist. Und das hat man, nachdem Tilly an der letzten seiner vielen Verwundungen gestorben war (eine schwedische Kanonenkugel hatte dem 73-Jährigen in der Schlacht bei Rain den Oberschenkel zertrümmert), auch brav gemacht. Bis ihm der Passauer Bischof Schraml 2012 nach nur 380 Jahren – ein Wimpernschlag im Vergleich mit der Ewigkeit – dieses Privileg ersatzlos gestrichen hat.

Tja, Tillys Geld sei leider dahin, soll der fromme Hirte verlautbart haben, davon haben wir im Ersten Weltkrieg Kriegsanleihen gekauft, und der Rest ist 1923 in der Inflation draufgegangen.
Die *Süddeutsche Zeitung* hat ausgerechnet, dass die Kirche nur die Hälfte von Tillys 6300 Gulden krisensicher anlegen hätte müssen, dann wären daraus bis heute 400 Milliarden Gulden geworden, was nach gängigen Umrechnungstabellen 20 000 Milliarden Euro entspräche – genug Geld also, um 60 Problemstaaten vom Kaliber Griechenlands komplett zu entschulden. So, wie's jetzt allerdings aussieht, kann man nur bedauernd die bischöflichen Handflächen zum Himmel drehen und sagen: Pech gehabt, Herr Tilly. Warum die Kirche allerdings erst 2012 merkt, dass ihr seit 1923 das Geld für das Tilly-Amt fehlt, wird wohl auf immer und ewig ihr Geheimnis bleiben. Dass der seit Jahrhunderten extra für das Lesen dieser Messe eingestellte Priester ausgerechnet in einer Wohnung untergebracht war, die jetzt mit zwei anderen zu einem luxuriösen Alterswohnsitz für den in den Ruhestand gehenden Passauer Bischof zusammengelegt wird, hat damit aber mit Sicherheit nichts zu tun. Aber schon gleich gar nichts.

Wir sind inzwischen die steile Treppe wieder hinaufgestiegen und lesen erst jetzt das Hinweisschild, das vor einem allzu unbekümmerten Abstieg warnt. Todessturz in die Tilly-Gruft – das hätte uns gerade noch gefehlt. Auch ohne das ist nämlich der Tod hier in dieser Kirche allgegenwärtig. Als Schwarz-Weiß-Fotos Altöttinger Weltkrieg-Zwei-Gefallener in Uniform zum Beispiel, oder in Form einer düster-violetten Standarte, auf der die Worte »Sei mir gegrüßt, Bruder Tod« in angelaufenem Silberfaden eingestickt sind. Und dann natürlich im »Doud z' Eding«, dem stillen Star der Stiftspfarrkirche.
Seit Jahrhunderten lässt er, angetrieben vom Räderwerk einer barocken Schrankuhr, sein Senserl mechanisch durch die Luft messern, und bei jedem Schnitt, so sagt man, stirbt irgendwo auf der Erde ein Mensch. Man traut sich jetzt nicht das Smart-

Sensenmann nano – der »Doud z' Eding«

phone mit der Rechner-App herauszuziehen, deshalb muss die Frage, ob er bei einer Weltbevölkerung von sieben Milliarden Menschen nicht doch ein bisserl schneller sensen müsste, unbeantwortet bleiben.

Der kleine, grausige Geselle würde sich von uns ohnehin nicht beeinflussen lassen. Er schneidet weiter im Tempo des 17. Jahrhunderts, zufrieden mit sich und der Welt. Schließlich muss er sich nichts mehr beweisen, längst hat er es in die Ruhmeshalle der bayerischen Redewendungen geschafft. »Du schaugst ja aus wie der Doud z' Eding«, haben unzählige Mütter mitleidlos zu ihren Söhnen und Töchtern gesagt, wenn diese sich nach einem ersten jugendlichen Alkoholexzess mit graugrünem Gesicht reumütig am nächsten Tag zu ihnen in die Küche schlichen. Dass dieser »Tod in Eding«, wie eine aufklärende Tafel unter dem Knochenmännlein ins Hochdeutsche übersetzt, nur knappe 50 Zentimeter misst, hat keine dieser Mütter je verlauten lassen, und während man, zu seinen knochigen Füßen stehend, zu ihm hinaufblickt, fragt man sich schon, ob heutige Erziehungsberechtigte ihre an Computerspiel-Zombies gewöhnten Sprösslinge noch mit diesem Bonsai-Boandlkramer vergleichen, der in der Youngster-Welt eigentlich »Der Doud z' Eding nano« heißen müsste.

Ein gewaltiges Krachen reißt uns aus unseren morbiden Gedanken. Raschen Schrittes eilen wir nach draußen. Ist auf dem Kapellenplatz am Ende ein neuer Glaubenskrieg ausgebrochen? Oder hat sich dort ein enttäuschter Tilly-Fan aus Protest in die Luft gesprengt?

Nein. Es ist nur einer von diesen Mittelaltermärkten, bei denen man sich jedes Mal fragt, was Menschen des 21. Jahrhunderts wohl dazu bringt, sich freiwillig in kratziges Sackleinen zu kleiden und aus irdenen Humpen, die man mit einer Hand kaum heben kann, irgendwelche pappigen, nach Honig schmeckenden Alkoholika zu trinken. Direkt hinter der Gnadenkapelle haben die Freizeitritter ihre Zelte aufgestellt und auch gleich eine Kompanie Böllerschützen bestellt: Bayerische Artillerie. Ohne jede Zerstörungskraft, dafür aber infernalisch laut.

Unauffällig tasten wir uns heran. Die Ohren gespitzt, denn mit das Bizarrste an diesen um Jahrhunderte verspäteten Spektakeln ist die seltsam ungelenke Sprache, in der die Akteure dort miteinander kommunizieren: Gewollt gespreizt und unfreiwillig komisch, klingen sie normalerweise so, als würde sich ein Walther von der Vogelweide bei einem Hamburgerbrutzler eine Portion Pommes bestellen. »Geb er mir ein Scheffel voll dieser gerösteten Stänglein aus einer Frucht, die erst in dreihundert Jahren aus fernen Gestaden bei uns heimisch gemacht werden wird, und spar er nicht an der Tunke aus jener anderen Frucht, welche wir ebenfalls noch nicht kennen und die dereinst den Namen Paradiesapfel tragen wird.«

Hier ist das anders. Hier bietet ein bierernster Geschichtenerzähler, den feisten Körper in ein enges, wollenes Wams gepresst, einer Schar mäßig interessierter Kinder in neonbunten Dau-

nenjacken ziemlich neuzeitliche Bespaßung: »Saggt die Prinzessin zu dem gstingerden Vadder« – tönt es in breitem Fränkisch durch die langsam abziehenden Pulverschwaden – »›Hör mal her, gstingerder Vadder: Wenn du den Brinzn ned zu mir lassd, dann schreibt ma der Brinz halt a E-Mail.‹«
Hinter ihm bietet ein mittelalterlicher Waffenhändler, an dessen Stand man neben Schwertern, Helmen und Hellebarden auch Armbrüste und Morgensterne erstehen kann, einem der Böllerschützen eine Zigarette an (200 Jahre, bevor der Tabak nach Europa kam – ein Wunder!), und am Stand daneben wird ein »Zaubertrank« ausgelobt: »garantiert ohne Alkohol«.

Wir verschmähen derlei mediävale Labungen und steuern lieber das nächste Wirtshaus an, auf dessen Fassade in großen Lettern steht: »Gasthof zur Post – G. Tandler«. Eine Stube in schwerem, bayerischem Rüschenbarock. Hirschgeweihe und ein ausgestopfter Auerhahn an der Wand, aber auch für eine dem Genius Loci angemessene Heiligkeit ist bei all dem dekorativen Halali gesorgt: Bei genauerem Hinschauen entdeckt man zwischen zwei Rehkrickerln einen guten Hirten, und vom Bierglas grinst uns ein pausbäckiger Mönch entgegen, dessen Physiognomie ein wenig an Franz Josef Strauß erinnert, den einstigen Herrn und Meister des hiesigen Wirts. Letzterem begegnet man dann auf dem Weg zum Klo. Gerold Tandler, der ehemalige bayerische Finanzminister steht leibhaftig an der Rezeption seines Hotels, hinter einem massiv hölzernen Tresen, auf dem die Schlagzeile des dort ausliegenden *Bayernkurier* verkündet: »CDU und CSU auf Rekordjagd«. Wir erinnern uns daran, dass uns dieser Mann bereits vor ein paar Jahren über den Weg gelaufen ist. Als wir in einem Hotel in Bozen miteinander an Helmuts Programm *»Der allerletzte Held«* schrieben, saß er jeden Morgen zwei Tische von uns entfernt zeitungslesend beim Frühstück, ohne auch nur einmal zu uns herüberzublicken. So auch eines Morgens, nachdem Helmut am Abend zuvor eine in Thomas' Zimmer geschriebene Strauß-Passage in voller Lautstärke vorgetragen hatte. Über unserem Rührei fragten wir uns, was sich der Gerold wohl gedacht hat, falls ihm ganz leise die Stimme seines ehemaligen Herrn und Meisters ans Ohr gedrungen sein sollte.

Schließlich, nach all dem Getandel, bleibt uns nur noch eines hier im Gnadenort: Die Kapelle in seinem Zentrum, die innerste Herzkammer im religiösen Herzen Bayerns. Zuvor aber noch ein rascher Blick in die Schaufenster der Devotionalienhandlungen, in denen neben Weihwasserkesseln, Rosenkränzen und Kruzifixen mit Zertifikat (für was eigentlich?) unzählige Nachbildungen der Muttergottes auf ihre Käufer warten. Auf allen möglichen und unmöglichen Gegenständen ist sie zu sehen, auf Bechern, Holzbrettchen, Fingerhüten und Kugelschreibern oder auf hässlich unförmigen Plastikflaschen, in denen man sich wahrscheinlich irgendein heiliges Wasser mit nach Hause

Was gibt's Neues am Devotionalienwühltisch?

nehmen soll. Heute im Angebot sind schwarze Wetterkerzen mit dem Marienbild im Doppelpack.
Überhaupt die Kerzen … in allen Ausformungen und Größen werden sie angeboten, von christbaumkerzenklein bis hüfthoch, geschmückt mit den Bildnissen von Madonnen aus aller Herren Länder, der letzten beiden Päpste, des heiligen Bruders Konrad und unzähliger anderer Heiliger und Heiligenanwärter. Den Vogel freilich schießen die 50 Cent teuren offiziellen Opferlichtlein für die Schwarze Madonna selbst ab – aufzustellen in einem extra für diesen Zweck errichteten Glashäusel mitten auf dem Kapellenplatz. Entworfen vermutlich von einem Designer für industrielle Mogelpackungen (Müllermilch lässt grüßen), täuschen die Näpfchen aus rotem Plastik die Größe eines normalen Teelichts lediglich vor. In Wirklichkeit beinhalten sie einen Hohlraum mit 22 Millimetern Luft, über dem sich in einer flachen Kachel gerade mal drei Millimeter Wachs befinden.
Das von uns käuflich erworbene Kerzlein wird allerdings nicht für die Schwarze Marie brennen, das wandert als Musterbeispiel gewinnoptimierten Devotionalienmarketings in die Manteltasche, während wir uns langsam der Gnadenkapelle nähern. Der offene Umgang rings um das eher bescheidene Gebäude ist bis zum letzten Quadratzentimeter mit Votivtafeln, wächsernen Gliedmaßen und überflüssig gewordenen Krücken und Prothesen zugehängt. Eine bedrückende Werkschau frömmelnd-naiver Kunst, über einem Steinpflaster, das von den rutschenden Knien der mit mächtigen Holzkreuzen beladenen Pilger schon ganz glatt poliert ist. Heute schlurft nur ein mittelaltes Paar mit leeren Gesichtern seine Runden. Der Mann hat ein nicht allzu schwer wirkendes Kreuz mit der eingebrannten Aufforderung »Betet für die Biker« geschultert. Auch wenn die beiden nicht gerade wie Hells Angels aussehen, lassen wir sie lieber vorbeiziehen, bevor wir die Kapelle betreten. Man kann ja nie wissen …

Kreuze »to go« an der Gnadenkapelle

»In da Kapöin bittschee need fotografirn«, sagt ein Mann, der aus einer Art Sakristei kommt, als er Thomas' Fotoapparat sieht. Über seine Schulter erhaschen wir einen Blick in einen mit kargen Holztischen möblierten Raum, an dessen Wänden neben einem großen Kruzifix mehrere Monitore hängen, die das Innere der Kapelle zeigen und deren Kameras ganz offenbar den Segen der Muttergottes zu haben scheinen.

Aber mal ganz ehrlich: Will man hier überhaupt fotografieren? Will man sich vor die betenden Menschen hinstellen und ein Bild von der Madonna knipsen, das man in hundertfacher Ausfertigung auf Postkarten erstehen oder im Internet herunterladen kann? Oder will man die Schilder aufnehmen, auf denen »Danke für die Opferspende«, »Danke für die Mariengabe«, »Bestellungen für Messen werden hier angenommen« steht? Das vielleicht schon eher.

Drinnen in der Kapelle hat sich ein Mann in einer dick wattierten Outdoorjacke direkt vor den Gnadenaltar hindrapiert. In

einer theatralischen und sichtlich unbequemen Geste verharrend, starrt er hinauf zu dem Bildnis, um das hier alles herumgebaut wurde – das Hotel Post und der von Frau Katzenberger beworbene gelbe Möbelmarkt inklusive.
Ringsum schwarz lackierte Wände, bepflastert mit Votivgaben: Herzen, Hände, Füße, Augen, Fatschenkinder und Ex-Voto-Sprüche, sie alle scheinen den aufgemaschelten Goldaltar mit seinen gedimmten Elektrokerzen zu umschwirren wie ein silbern flirrender Mückenschwarm. Und irgendwo mittendrin in diesem erdrückenden Wust aus Edelmetall steht, bemerkenswert klein und unter ihrer viel zu großen Krone irgendwie verloren wirkend, die Hauptfigur des Ganzen, die Schwarze Marie, die Liebe Frau von Altötting, millionenfach angebetet, angefleht, angeweint.
Wie die Zwillingsschwester des kleinen Todes drüben in der Stiftspfarrkirche kommt sie uns vor, hier in ihrer künstlichen Höhle, die das durch winzige Fenster heruntertröpfelnde Herbstlicht förmlich zu verschlucken scheint. Nur der Abglanz des Madonnengolds flackert auf den Gesichtern der Menschen und schimmert hinauf zu den Nischen in der Wand, hoch über den Köpfen der Betenden.
Da stehen sie nun, die Herzen der Wittelsbacher, wegen denen wir diese Reise unternommen haben. Luftdicht verlötet in mit schwarzem Faden umwickelten Metallgefäßen, ruhen sie in ihren silbernen Urnen, im schummrigen Licht kaum zu erkennen hinter den spiegelnden Glasscheiben: das »teutsche« Herz Ludwigs I. in einer eher schlichten Urne, das seines Sohnes Max II. in einem dafür umso protzigeren Behältnis, das von der Größe her wohl ohne Probleme auch ein Ochsenherz fassen könnte. Die Herzurne Ludwigs II. nimmt sich dagegen wieder fast bescheiden aus und steht doch viel häufiger im Brennpunkt öffentlichen Interesses als die übrigen 28 hochwohlgeborenen Herzen, die in der Kapelle ihre letzte Ruhestätte gefunden haben: Immer dann nämlich, wenn die Guglmänner, jene selbst ernannten Gralshüter der bayerischen Monarchie, wieder ein-

mal fordern, die Urne mit dem im Geheimen Hausarchiv der Wittelsbacher aufbewahrten Schlüssel zu öffnen und nachzusehen, ob das Herz des Märchenkönigs nicht doch von einer von »Todesschussexperten des preußischen Geheimdiensts« abgeschossenen Kugel durchbohrt wurde. Auch wenn man, wie wir, nicht an ein finsteres Mordkomplott glaubt, so ist es doch irgendwie beruhigend zu wissen, dass es ihn in irgendeiner dunklen Schublade nach wie vor geben muss: den Schlüssel zu den Herzen der bayerischen Monarchie.

Wenn Bayern beten
von Helmut Schleich

Vorneweg: Es war im Februar 2009. Im Bayerischen Rundfunk verkündete ein Militärpfarrer auf die Frage, worin er seine Aufgabe in Afghanistan sähe, er fände es wichtig, den Angehörigen ums Leben gekommener deutscher Soldaten klarzumachen, dass deren Tod nicht sinnlos wäre.
Da war es bei mir aus. Ich kündigte der katholischen Kirche nach 42 Jahren Vereinsmitgliedschaft mit sofortiger Wirkung. Ich konnte nicht fassen, oder besser gesagt, nicht glauben, dass ein deutscher Militärpfarrer im 21. Jahrhundert allen Ernstes seine Aufgabe darin sieht, vom Heldentod zu schwätzen! Leicht verklausuliert zwar, aber dennoch deutlich plapperte er Struck'sche Propaganda nach von wegen deutscher Interessen, Hindukusch und so weiter.
Bitte, gibt es etwas Sinnloseres als den Tod eines gesunden jungen Menschen im Krieg?
So manches war ja in letzter Zeit dazu angetan, vom rechten Glauben abzufallen: die Heimholung des Holocaust-Leugners Williamson beispielsweise, und bei den Missbrauchsgeschichten fragt man sich auch, was widerwärtiger ist, die sexuellen Übergriffe selbst oder die teils perfiden Vertuschungsversuche seitens der Kirche.

Aber eine Kirche, deren Vertreter im Brustton der Überzeugung der Gewalt das Wort reden, wohl weil das heute politisch opportun erscheint, hatte für mich in diesem Moment ihre moralische Glaubwürdigkeit verloren.
Bisher hatte ich die Firma immer eher verteidigt, wenn in Diskussionen die gängigen Argumente von Hexenverbrennung bis Zölibat auftauchten. Denn selbst wenn ein Papst aufwendig und teuer in arme Länder reist, hat er doch wenigstens eine gehörige Portion Hoffnung im Gepäck. Im Fall des Limburger Bischofs Tebartz-van Elst, der 2012 mit Hilfe eines Upgrade-

Wunders erster Klasse in die indischen Slums flog, war es vielleicht nur eine Dose Kaviar für die hungrigen Kinder, aber immerhin, besser als nichts, es zählt ja die Geste.

Wenn ich an Allerheiligen auf dem Schongauer Stadtfriedhof stehe, einem wahrhaft altehrwürdigen Ort bayerischen Totengedenkens, finde ich es immer wieder faszinierend, wie es die Kirche verstanden hat, die Rituale des Jahres für sich zu besetzen. Das Gedenken an die Vorfahren heißt Allerheiligen, die Wintersonnwende Weihnachten und das erste Durchbrechen der Natur im Frühjahr Ostern.

Auf diesem Friedhof hat sich im Übrigen der Ortspfarrer im Rahmen der Gedenkveranstaltung einmal zu der abstrusen These verstiegen, dass, wer aus dieser Kirche austrete, nur eines im Schilde führe: Kirchensteuer sparen, aber die 14 kirchlichen Feiertage trotzdem mitnehmen und damit fast zwei Wochen Sonderurlaub im Jahr ohne Gegenleistung einsacken. Das stumme Nicken der anwesenden Christenmenschen war spürbar.

Genau! Schuften sollen sie, die Ungläubigen, während wir es uns gut gehen lassen dürfen!

Aber wenn tatsächlich ein Zusammenhang zwischen Kirchensteuer und Urlaub bestünde – Hand aufs Herz –, wie viele wären dann bereit, ihren Kirchensteuersatz um hundert Prozent zu heben, damit sie vier Wochen länger in Urlaub fahren können?

Nein, um Kirchensteuer-Ersparnis ist es mir nie gegangen. Nur spende ich dieses Geld mittlerweile lieber direkt. Ich finde, die Kirche hat einfach genug, und ich habe einfach genug von der Kirche. Und wenn man dereinst an der Himmelspforte nur gegen Kirchensteuerbescheid Einlass erhält, dann habe ich eben Pech gehabt.

Vielleicht ist es ja so wie in der schönen Geschichte, wo ein verblichener Sünder in die Hölle kommt und vom Teufel herumgeführt wird. Zu seinem Erstaunen gibt es Wellness-Oasen, beste Restaurants, herrliche Weinkeller, und alle sind nach ihrer Fasson glücklich. Während er zusehends Gefallen an der Unterwelt findet, fragt er misstrauisch den Teufel, ob er hier eventuell falsch sei, schließlich habe er sich als Sünder die Hölle anders vorgestellt. Da zeigt ihm der Teufel eine Ecke, in der sich einige Höllenbewohner selbst kasteien, am Glutofen sitzen und infernalische Qualen leiden. Auf die Frage des Sünders, wie das ins Bild passe, antwortet der Teufel: »Das sind die Katholiken, die mögen's so.«

Als ich 1993 zusammen mit meinen Kollegen Christian Springer und Andreas Rüttenauer unter dem zugegebenermaßen provokanten Titel *»Die geile Messe«* ein Programm auf die Bühne brachte, das sich mit den Grenzen zwischen Glauben und Bigotterie beschäftigte, da brach das über uns herein, was man heute, im Internetzeitalter, als »shitstorm« bezeichnen würde. Manche schlossen uns in ihre Gebete ein, ohne dass wir uns gegen diese Gefangennahme wehren konnten, andere drohten uns mit dem Jüngsten Gericht. »Auch Spötter müssen sterben!« Als dann eine Aufführung in Ebersberg 1994 genau in den Kommunalwahlkampf fiel, wurde das Programm in offensichtlicher Ermangelung handfester Themen zum Spielball der politischen Gegner und erhitzte wochenlang die Gemüter der Christenmenschen bis hin zur Bombendrohung. Ein heiliger (Klein-)Krieg im Osten Münchens.

Dass der Münchener Lokalradio-Sender »Radio Feierwerk« über die Veranstaltung berichtete, hätte ihn damals um ein Haar die Sendelizenz bei der Bayerischen Landeszentrale für neue Medien gekostet, nachdem ein gewisser Erwin Huber von der CSU interveniert hatte. Eines verband alle Kritiker, vom Katholen-Taliban bis zum CSU-Generalsekretär: Keiner hatte das Programm je gesehen, und doch wussten sie alle genau Bescheid.

Vielleicht ein Wunder …?

Als es uns wenig später dank eines mutigen Religionspädagogen ermöglicht wurde, das Programm in Auszügen im Benediktinerkloster St. Ottilien am Ammersee vor Patres zu spielen, sorgten wir für große Heiterkeit im Publikum und hinterher versicherte uns ein Klosterbruder: »Das war ein schönes Programm, aber ich habe in Rom studiert und könnt' euch noch ganz andere Geschichten erzählen!«

Immerhin blieben die Ebersberger Katholiken auch weiterhin streitbar. Als 2009 auf Geheiß des Erzbischöflichen Ordinariats München ein Chirurg samt Knochensäge anreisen sollte, um die als Reliquie verehrte Schädeldecke des heiligen Sebastian in zwei Teile zu sägen und eine Hälfte davon in einen schwäbischen Wallfahrtsort zu verbringen, drehten die Ebersberger Betbrüder und -schwestern so lange am Rad, bis man sich im Allgäu mit einer Berührungsreliquie beschied und dem heiligen Sebastian ein zweites Martyrium erspart blieb.

Wie viel Naivität allerdings vonnöten ist, um ein Seidentuch als heilig zu verehren, das kurz mit einem 1000 Jahre alten Knochen in Berührung kam, von dem in den 1920er-Jahren schon ein Stück abgeflext wurde, um damit den Altar einer Münchner Kirche zu segnen, das wird wohl ein bayerisch-katholisches Mysterium bleiben.
Andererseits ist es ja genau das Geheimnis, das den Glauben ausmacht. Mein Kollege Georg Ringsgwandl hat das einmal mit einer kleinen Geschichte punktgenau zum Ausdruck gebracht: Als Kind war er im Hochamt immer fasziniert von der Orgelmusik, dem Weihrauch, den Gewändern und dem barocken Schmuck in den katholischen Gotteshäusern. Das war auf sonderbare Weise geheimnisvoll, und, auch wenn er es sich nicht vorstellen konnte, – irgendetwas Größeres musste es geben, da oben im Himmel oder wo auch immer. Wie er dann zum ersten Mal in einem evangelischen Gottesdienst war und eine Pfarrerin mit Kurzhaarschnitt zur Wandergitarre moderne Kirchenlieder schrubbte, da wusste er: Gott ist tot!

Auch mir ist es ein immer größeres Rätsel, warum gerade und ausgerechnet die Religion für sich einen besonderen Schutz beansprucht.
Als 2012 nach einem dummen Anti-Islam-Film im Internet wieder einmal Botschaften in Brand gesteckt wurden, fiel unserem bayerischen Ministerpräsidenten Seehofer nichts Besseres ein, als lauthals eine Verschärfung des Blasphemieparagrafen (§166 StGB) zu fordern, der die Beschimpfung religiöser Bekenntnisse unter Strafe stellt.
Wie billig!
Wer beschützt eigentlich Homosexuelle, Atheisten, Wiederverheiratete, ledige Kinder und Frauen, die nach einer Vergewaltigung die Pille danach nehmen wollen, vor den Schmähungen derer, die für sich die Wahrheit des Glaubens in Anspruch nehmen?
Jeder soll glauben, was er will, aber er soll bitte die Menschheit damit in Ruhe lassen. Und gerade in Bayern kann man nicht oft genug klarstellen: Das Fundament unserer heutigen Kultur und Lebensweise ist nicht das Christentum, sondern die Aufklärung, sie hat uns die Bildung gebracht und die Menschenrechte und uns damit frei gemacht. Jene, die so gerne von der »christlichen Leitkultur« reden, könnten das ohne die Aufklärung vermutlich nicht mal unfallfrei schreiben …

Dem Freistaat aufs Dach gestiegen – Die Zugspitze

Garmisch, Ende November. Leichter Nieselregen draußen vor den Bahnhofsfenstern. Bis die Zugspitzbahn abfährt, ist noch etwas Zeit, aber die Sitzplätze im Wartebereich sind belegt, weshalb wir in ein praktisch leeres Hamburger-Restaurant gehen, das früher wohl mal die Bahnhofswirtschaft war. Ein Haufen Burger-King-Pappendeckelkronen in der Ecke, an der Wand ein Poster »Happy Cheesemas« mit zwei Hamburgern, von denen einer »Santa« und der andere »Claus« heißt – wo doch »Garmisch« und »Partenkirchen« hier viel passender wären, in diesem von den Nazis zwangsvereinigten, innerlich aber noch immer zweigeteilten Doppelort mit brauner Olympia-Vergangenheit.
Nach einer kurzen Wartezeit im Frittendunst gehen wir durch die Gleisunterführung zum Bahnhof der Bayerischen Zugspitzbahn. Als wir unsere Fahrkarten lösen – Zugspitze Rundreise für 49 Euro fünfzig pro Person –, schaut uns die Frau an der Kasse ein wenig mitleidig an. Wer an so einem Tag hinauf zur Zugspitze fährt, der muss irgendwie deppert sein. Oder Kabarettist.
Der moderne Triebwagenzug vorne am Bahnsteig sieht aus wie eine Großstadt-U-Bahn im Skiurlaub und ist vollkommen leer. Nur vorne im Führerstand sitzen zwei Fahrer, die in ein ernstes Gespräch auf Sächsisch vertieft sind und uns nicht weiter beachten, als wir direkt hinter der gläsernen Trenntür Platz nehmen. »Da musste schauen, gesundheitlich, so was derrfste nich auf de leichte Schulder nehmen.« Oh, oh, denken wir. Steht uns da am Ende eine Bergfahrt mit Risikopersonal bevor?

Zwei Fahrer – zwei Passagiere: Da muss man wohl von einem eher suboptimalen Personal/Kunden-Koeffizienten sprechen. Zum Glück ist niemand von McKinsey in der Nähe, in ihrer Rentabilitäts-Paranoia würden die uns wahrscheinlich die Bahn unterm Hintern wegrationalisieren.
Nachdem wir eine Weile hinaus in das unter einem bedrückend grauen Totensonntagslicht liegende Garmisch geschaut haben, geht ein von hinten nach vorne keuchendes Pressluftzischen durch den Zug, der sich daraufhin mit einem metallischen Knirschen in Bewegung setzt. Wir sind noch keine 100 Meter gerollt, als sich über die Lautsprecheranlage eine männliche Softeisstimme, ohne den leisesten Anflug von Sächsisch, Bayerisch oder irgendeinem anderen Dialekt, meldet und verkündet, dass der nächste Halt Hammersberg sei, gefolgt von dem dazugehörenden Softeis-Weibchen, das alles noch einmal auf Englisch wiederholt und hinzufügt: »To leave here, please press the stop button«.
Draußen zieht eine schneelose Landschaft vorbei, regennasse Wiesen mit dunkelbraunen Odelspuren, stillstehende Skilifte, mit Steinen beschwerte Schindeldächer, eine Kirche mit einem terrassenförmig angelegten Friedhof, auf dem die Grabsteine in Reih und Glied stehen.
Auf einem Flachbildschirm im Wagen tauchen die Worte »Zugspitze, Top of Germany« auf, und in Grainau halten wir neben einem alten, rostpockigen Zug, auf den man mit weißen Lettern »1 000 000 Kilometer Laufleistung« geschrieben hat. Grau und bedrohlich ragt fast senkrecht über uns die Zugspitze auf, der Gipfel in dichten Wolken. Der Zug arbeitet sich weiter durch ein enges Tal mit einem asphaltierten, neben den Gleisen verlaufenden Weg. Schmutzigbraun sind die wenigen noch verbliebenen Blätter der Laubbäume, graugrün, fast schwarz die schlaff herabhängenden Zweige der Nadelbäume.
Mit kurzen, pneumatischen Prustern wendelt sich der Zug um die enger werdenden Kurven der Schmalspurgleise, die auf einmal eine Zahnschiene in der Mitte haben. »Alpensport total«,

verkündet ein angegrautes Poster neben der Strecke, ein Plakat mit einem leicht bekleideten Skihaserl erinnert an ein Titelbild des *Time-Magazine* von 1936, auf dem eine auf Skiern stehende Leni Riefenstahl im Badeanzug vor einer Garmischer Schneekulisse für den Fotografen posierte. Die Strecke wird steiler, ein paar dicke Regentropfen rinnen melancholisch langsam an den Fensterscheiben nach unten, und ein leises Rumpeln unter unseren Füßen zeigt an, dass die Urlaubs-U-Bahn jetzt als Zahnradbahn unterwegs ist.

Passend zum Anstieg spielt der Flachbildschirm jetzt eine Lufthansa-Werbung ein, für 99 Euro – dem Gegenwert von zwei Zugspitzkarten – kann man nach London fliegen. Man hört jetzt, wie die Elektromotoren des Zuges sich anstrengen müssen. An bemoosten Baumstämmen und von Flechten überzogenen Baumskeletten vorbei fährt er in einen finsteren Tunnel ein, der aber nach ein paar Metern schon wieder zu Ende ist. Feister Nebel quillt aus dem Tal herauf. Mit abgehackt prustender Luftdruckanlage schwanken wir auf schüttere Restschneefelder zu, die sich sanft angegraut um Felsen und Baumstämme schmiegen.

Wieder ein Tunnel – der Flachbildschirm preist jetzt irgendein technisches Wunderwerk der Automobiltechnik namens BMW X-Drive an, jetzt in 46 Modellen –, eine Röhre aus Fels und Beton, deren düstere Wände langsam an uns vorbeiziehen. Mit elektrischem Summen, Zahnradknirschen und hin und wieder einem hellen Piepston aus dem Führerstand. Ein grünes Signal taucht aus der Schwärze auf, gefolgt von einer erleuchteten Stelle, wo »2000 Meter über Görlitz« an der Wand steht – was immer das bedeuten mag. Eine gelblich angestrahlte Muttergottes in einer Felsnische, die Patrona Bavariae im Bauch ihres höchsten Berges. Müde wird man von dieser Aufwärtsschaukelei, man sehnt sich nach Ankunft, nach Auftauchen aus diesem Stollen, nach freiem Bergblick, aber es zieht nur eine Sinalco-Reklame vorbei und ein Fluchtwegzeichen, das nach unten zeigt. Dann hört man ein Geräusch wie von einer ganz langsam

schleudernden Waschmaschine, der Zug verliert an Fahrt, und das No-Dialect-Weibchen aus dem Lautsprecher softet: »Next stop Glacier Station. To continue to the summit, please take the Glacier train.«
Ein großer Schaltkasten erscheint vor dem Fenster, ein paar an die Betonwand schablonierte Zahlen. Die Türen gehen auf, wir verlassen den Zug. Im Inneren des Bergs riecht es wie im Umkleideraum einer Schulturnhalle, den man 14 Tage nicht gelüftet hat. Nur schnell ins Freie, vorbei an der enttäuscht dreinblickenden Verkäuferin des Souvenirladens, der eine Horde kauffreudiger Asiaten wohl lieber gewesen wäre als zwei von der Zugfahrt gebeutelte bayerische Forschungsreisende.

Eine automatische Tür öffnet die Glasflügel und entlässt uns hinaus in eine unwirkliche Welt. Schneidend kalte Luft, Wolkenfetzen, und Schnee. Viel Schnee, vom Wind über das Zugspitzplatt geblasen, ein eiskalter Whiteout, an den sich unsere tunnelgeweiteten Augen ein paar Sekunden lang gewöhnen müssen. Erst dann nehmen sie langsam deutlicher werdende Umrisse wahr in diesem wirbelnden Weiß. Die Symbole Bayerns: ein Kircherl oben am Berghang, einen Maibaum – und einen 3er-BMW. Nicht auf einem Plakat, nicht als Modell, nein, als wahrhaftiges Auto steht er vor uns und grinst uns mit seiner schneebestäubten Kühlerniere von einem Podest herab an, als spielte er mit uns Hase und Igel: Ganz gleich, ob du in Schwabing einen Parkplatz suchst oder Erholung auf dem höchsten Berg Bayerns – wo immer du auch hinkommst, ich bin schon da – und wenn ich mich mit dem Hubschrauber herfliegen lasse.
Ohne X-Drive knöcheltief im Schnee versinkend, kämpfen wir uns zurück zum Bahnhofsgebäude, das irgendein Scherzkeks »Sonnenalm« getauft hat. Drinnen ein Selbstbedienungsrestaurant ohne Gäste, dafür aber erfüllt von sämig-fettigem Küchengeruch. Auf skistiefelfesten Gummiböden gehen wir an trübfunzeligen, mit den Silhouetten von Gämsen, Hirschen und

Autoland Bayern

Skifahrern dekorierten Lampenschirmen vorbei zum »Glacier train«. Wieder sind wir die Einzigen in dieser geräumigen Seilbahnkabine, die über weite, leere Schneefelder hinauf zum Gipfel schwebt. Oder besser gesagt, die einzigen zahlenden Passagiere, denn hinter uns streiten sich drei Bedienstete der Zugspitzbahn darüber, wer denn nun schuld sei an der sportlichen Misere ihres Heimatvereins FC Dynamo Dresden.

Wir sind froh, als die Kabine in der Bergstation zu einem Halt pendelt und wir hinaus können in die majestätische Gipfelwelt auf dem Dach Bayerns. Es ist eine Welt aus Beton. Betonböden, Betonwände, Betondecken. Wir sind am höchsten Punkt unseres Landes, fast 3 000 Meter über dem Meeresspiegel, und tappen einen fensterlosen, von Neonröhren erleuchteten Betongang entlang, immer den Wegweisern »Summit« nach. Wo so viel Beton ist, muss es doch auch Betonköpfe geben, scherzen wir noch, zugebenermaßen etwas naheliegend, aber gleich darauf erreichen wir ein kleines, ebenfalls fensterloses

Museum, in dem die Geschichte des Schneeferner-Hauses, die Geschichte der Zahnradbahn, die Geschichte des Wetterdienstes auf der Zugspitze – kurz: Die Geschichte der gründlichen Verschandelung eines jahrhundertelang als unbezwingbar geltenden Bergriesen dokumentiert wird. Und siehe da, wer lächelt uns da aus von hinten erleuchteten Schwarz-Weiß-Dias an? Zwei Serienhelden unseres Buchs, der unvermeidliche FJS mit Ehefrau Marianne und Joseph Ratzinger, der Hausvater von Pentling und Heilige Vater in spe, wie er im schneeweißen Kardinalskleid die Kapelle Maria Heimsuchung auf dem Zugspitzplatt weiht. Auch hier das bayerische Hase-und-Igel-Spiel, auch hier die Omnipräsenz weiß-blauer Premiummarken.
Fehlen eigentlich nur noch Alfons Schuhbeck und der FC Bayern, konstatieren wir, während wir den roten »Summit«-Pfeilen immer weiter nach oben folgen, vorbei an Plakaten für Sonnencreme und Geländewagen, die mal ausnahmsweise nicht von der Firma BMW sind. Auch als wir endlich den Weg zum »Summit« gefunden haben und hinaus ins Freie treten, bleibt der Beton uns treu, nur dass er hier draußen von einer tücki-

Ein Prosit der Gemütlichkeit – Bayerns höchster Biergarten

Das ist der Gipfel … – Blick aus der »Summit«-Lounge auf der Zugspitze

schen Eisschicht überzogen ist. An einer Reling, die einem Ozeandampfer alle Ehre machen würde, hangelt man sich durch einen scharf pfeifenden Wind, der einem nadelspitze Eiskristalle ins Gesicht spuckt, hinaus in eine trübe Wolkensuppe, vorbei am Gipfelfotoautomaten, dessen auf Knopfdruck geschossene Bilder man sich später im Internet downloaden kann, zum »höchsten Biergarten Bayerns« – ein paar traurigen, von einer Schneedecke überzogenen Klapptischen und -bänken. Von hier aus ist es nicht mehr weit zur Münchner Hütte, die inmitten dieses künstlichen Berg-Halli-Gallis mindestens so deplatziert wirkt wie Luis Trenker auf einer Facebook-Party im P1. Mal ehrlich: Wer braucht so eine aus eisenbewehrten Holzbalken zusammengezimmerte Massenunterkunft, wenn er sich nur zwei Betontreppen weiter unten in der Panoramalounge an »Original Dallmayr Zugspitzkaffee« laben kann?
Von dort aus haben wir einen freien Blick auf das golden lackierte, seltsam geschleckt wirkende Gipfelkreuz, auf das doch tatsächlich zwei Gestalten in dicken Daunenjacken zustapfen, am

Körper so viel alpine Kletterausrüstung, dass man damit locker ein mittelgroßes Bergsportgeschäft aufmachen könnte. Die beiden Gipfelstürmer streifen die Handschuhe ab und fotografieren sich gegenseitig in Siegerpose, beklatscht und bejohlt von einer lärmenden Gruppe jugendlicher Schulausflugsdödel, die mittlerweile den Weg in die bis dahin nur uns zweien gehörende Panoramalounge gefunden haben.

So richtig will man dem alpinen Männlichkeitsritual da draußen aber dann doch nicht über den Weg trauen. Wer garantiert einem denn, dass die beiden Sportsfreunde nicht mit der Seilbahn heraufgefahren sind, sich auf der Toilette heimlich die Ausrüstung angelegt haben und jetzt vor nichtsahnenden Flachlandtirolern die große Show abziehen? Oder anders gefragt: Wer ist wirklich so plemplem, sich bei diesem Mistwetter zu Fuß einen fast 3 000 Meter hohen Berg hinaufzuquälen, um dann in diesem vollklimatisierten Affenhaus zu landen?

Während einer der Bergfexe draußen seinen Eispickel in Siegespose gen Himmel reckt, treten wir die Flucht zur Eibsee-

Europas offene Grenzen

Seilbahn an. Die Talfahrt ist ein fast senkrechter »Sturz« durch schneespuckende weiße Wolken hinunter zur Erde, am Stahlseil hängend wie an einem virtuellen Fallschirm, akustisch begleitet von den »O my God«-Rufen einer dicken Amerikanerin und dem unverständlichen Gekicher pausenlos fotografierender zahnspangiger Asiatinnen neben uns. Vielleicht, so mutmaßen wir, sind das Südkoreanerinnen aus Pyeongchang, die sich über den Olympia-Loser Garmisch lustig machen.
Der Letzte, der sich auf diesem Rücksturz ins verregnete Tiefland zu Wort meldet, ist der – natürlich sächsische – Gondelführer, der uns unaufgefordert eine kachelmanneske Wetterprophezeiung mit auf den Heimweg gibt: »Dr Wintr fälld heur aus auf dr Dsuugschbidze.«
Dem, so finden wir, ist nichts mehr hinzuzufügen.

Gamsbart Ahoi – Am Chiemsee

Ein Schloss für uns allein

Die roten Schaufelräder peitschen das Seewasser hinter großen Glasscheiben zu grünlichem Schaum, während der alte Raddampfer gelassen seine schnurgerade Spur über den stillen Spiegel des größten der bayerischen Seen zieht. Als Thomas ein Kind war, werkelte im von oben einsehbaren Maschinenraum noch eine echte Dampfmaschine, die sich mit ihren unermüdlich taktenden Schubstangen damals tief in sein Gedächtnis eingefressen hat. Jetzt brummt im Bauch der »Ludwig Fessler« ein ganz gewöhnlicher Schiffsdiesel, aber trotz dieses Stilbruchs ist die Inselrundfahrt auf dem Chiemsee mit dem behäbigen Paddler auch heute noch ein nostalgisch-gemütliches Erlebnis.
Vor allem für uns, die wir eigentlich viel enger mit einem anderen Chiemseeschiff verbunden sind: mit der MS »Edeltraud«, ihres Zeichens das größte Wasserfahrzeug der Chiemseeflotte und viel moderner als der Raddampfer. Helmut hat es mit seiner »Gamsbart-Ahoi«-Truppe fünf Jahre lang in ein sommerliches Kabarettschiff verwandelt, und Thomas hat praktisch alle diese Fahrten mitgemacht, viele Videos gedreht oder während der Vorstellung auf dem leeren Oberdeck gesessen und an neuen Projekten gearbeitet. Während uns jetzt der Raddampfer als ganz normale Passagiere über den mittlerweile so vertrauten, spätsommerlichen See befördert, denken wir an diese wunderbaren und manchmal auch aufregenden Abende zurück.
Kabarett auf einem Schiff folgt seinen eigenen Gesetzen, denn schließlich hatte Helmut neben Sebastian Knözinger, Manfred Kempinger und Traudi Siferlinger mit der Gruppe Pitu Pati bei

Gamsbart Ahoi

jeder Fahrt noch einen weiteren Mitspieler: den See. Mal reflektierte er die Strahlen der brütend heißen Sommersonne direkt in den großen Salon hinein, der längst die Temperaturen eines türkischen Dampfbads angenommen hatte, mal war er im Gewittersturm so aufgewühlt, dass bei Mitwirkenden und Zuschauern schon fast das Gefühl einer Kap-Hoorn-Umrundung aufkam – zumindest in einer bayerisch moderaten Bonsai-Variante. Unvergessen sind auch die verzauberten Pausen, in denen hinter der Fraueninsel ein riesiger, dunkelorange leuchtender Sonnenball im Wasser versank, begleitet von der sämtliche Zuschauer dahinschmelzen lassenden Musik von Pitu Pati.

Der See spielte aber noch in anderer Weise bei Gamsbart Ahoi mit: In Form der vielen Geschichten, die wir an seinen Ufern fanden und von Traudi als Moderatorin erzählen ließen. Die Geschichte vom langsam verlandenden Eiszeit-Überbleibsel Schafwaschener Bucht, in die die »Edeltraud« nur mit Sondergenehmigung einfahren durfte; die Geschichte der ältesten

Chiemseefischerin Josefa Steinbeisser, die uns auf jeder Fahrt begleitete und mit ihrem herben Charme die Zuschauer begeisterte, und die Geschichte des lang gestreckten Baus unterhalb der Kampenwand in Felden bei Bernau – Hitlers erster Reichsautobahnraststätte, die heute, nach einem Zwischenspiel als Erholungszentrum für amerikanische GIs, in eine Reha-Klinik umfunktioniert wurde. Eine Reha-Klinik direkt neben der Autobahn – da kommt man schon ins Grübeln. Für Tinnitus-Patienten vielleicht, die dort vor lauter Verkehrslärm das Pfeifen im eigenen Ohr nicht mehr hören?

Und dann war da natürlich das Schloss auf der Herreninsel, König Ludwigs ganz persönliches Kulissen-Versailles. Bei Gamsbart Ahoi spielte es nur eine Nebenrolle, aber dafür wurde es bei unserer zweiten Chiemsee-Produktion, dem von 2009 an drei Jahre lang aufgeführten *»Ludwig IV. – ein echter König geht nicht unter«*, zur Hauptperson.

Heute ein König

Als wir das Angebot bekamen, das erste Kabarettprogramm in einem bayerischen Königsschloss zu realisieren, waren wir wie elektrisiert und machten uns zusammen mit der bewährten Gamsbart-Truppe um Regisseurin Martina Schnell mit großem Elan an die Arbeit. Die Geschichte vom neuen bayerischen König, basierend auf einer nicht realisierten Romanidee von Thomas, wurde um neue Handlungselemente bereichert. Ein besonderer Höhepunkt war die aus Paris eingeflogene chinesische Wagner-Sängerin Qiu lin Zhang, der zuliebe Pitu Pati zum kleinsten Wagner-Orchester der Welt mutierten und sie bei einer Arie aus der Walküre begleiteten.
Im Zentrum des Spektakels stand der von Helmut gespielte Obersendlinger Otto Mayerhofer, vom Innenminister durch blindes Tippen ins Telefonbuch zum neuen bayerischen König bestimmt und zwecks Einführung in sein hohes Amt nach Herrenchiemsee verfrachtet – ein Stoff, aus dem man viel kabarettistischen Honig saugen konnte.
Freilich gab es bei allem Wohlwollen von offizieller Seite auch gewisse Auflagen für unser Kabarett im Märchenschloss. Ob wir denn in unserem Programm behaupten würden, Ludwig II. wäre verrückt oder schwul gewesen, wurden wir gefragt, das wäre nämlich nicht erwünscht, ebenso wenig, dass er selbst als Figur im Schloss aufträte. Da schau her, Ludwig hat in seinem eigenen Schloss offenbar Hausverbot, witzelten wir und wussten damals noch nicht, dass im Rahmen der Landesausstellung 2011 dann doch ein Ludwig im Schloss auftreten durfte – als Videoprojektion zwar, aber immerhin nicht gerade heterosexuell dahernäselnd.
Der von uns erfundene König Ludwig IV. alias Otto Mayerhofer war da schon aus anderem, sehr viel gröberem Holz geschnitzt. Zur Freude des Publikums ließen wir ihn als Heimwerker auf die Ziegelwände des Rohbautreppenhauses los und behaupteten frech, er hätte soeben mit Hammer und Meißel ein unersetzliches Gesamtkunstwerk zerstört – das von uns erfundene »blaue Treppenhaus«, das angeblich König Ludwigs

»Da hält dir kein Dübel!«

Ein und Alles war. Aber was sollte er machen, der neue König? Da hatte man ihm ein extrem unpraktisches Schloss aufs Auge gedrückt, das er nun mit Rigipsplatten und Nut-und-Feder-Brettern aus dem Baumarkt in sein ganz privates Wüstenrot-Traumhäuschen verwandeln musste.
Es war schon seltsam, aber im Lauf der Zeit kam uns diese unsere Idee selbst immer ungeheuerlicher vor. Je öfter wir vor Beginn der Vorstellung zusammen mit unseren wenigen Betreuern im Schloss waren, desto mehr wuchs es uns ans Herz. Wir glaubten förmlich spüren zu können, wie es sich jeden Abend vom tagtäglichen Massenansturm erholte, wie sich seine wunderschönen Parkettböden unter den roten Trittschutzteppichen mit leisem Knarzen streckten, reckten und entspannten. Ein Lebewesen aus Ziegeln und Stuckmarmor, das Blattgold als Schminke aufgelegt hatte und sehnsüchtig auf jemanden warte-

te, dem es die in ihm schlummernden Geschichten erzählen konnte. Um wirklich zu verstehen, wie viele Ideen Ludwig II. hier in Grundrissen, Gemälden und Dekorationen verstecken ließ, darf man sich nicht im 20-Minuten-Schnellgang durch das Schloss hetzen lassen. Nur wer die Zeit – und die Gelegenheit! – dazu hat, vor diesem oder jenem Detail ein wenig zu verweilen, kann erahnen, was sich Ludwig mit diesem Schloss hatte schaffen wollen: einen Gesprächspartner, ein Gegenüber, mit dem zusammen er nicht nur seiner eigenen, von ihm als banal und schrecklich empfundenen Zeit entfliehen, sondern auch auf allen möglichen sinnlichen und intellektuellen Ebenen in Diskurs treten konnte.
Wir hatten die Gelegenheit, zumindest ansatzweise. Wenn Thomas als »Hofhistoriker« die Zuschauer zu Beginn der Vorstellung durch Spiegelsaal, Paradeschlafzimmer und die anderen Prunkräume führte, dann eilte er ihnen stets ein Stück weit voraus und schritt dann für kurze Zeit ganz allein – ein wahrhaft königliches Gefühl! – durch diese bis ins Letzte ausgeklügelte Kulissenwelt. Trotz Lampenfieber und Textmemorieren spürte er, wie er sich mit jedem Schritt weniger wie der eine Ludwig fühlte – der zweite, der bayerische –, sondern wie der andere, französische, der vierzehnte, der Sonnenkönig. Ludwigs architektonische Zeitmaschine funktioniert!
Besser jedenfalls als die Verkabelung seines Schlosses. Unser Techniker Helmut Bauer musste in jeder Spielzeit erst einmal einen Tag lang im Rohbautreppenhaus kilometerlange Leitungen verlegen, damit wir unsere improvisierte Bühne auf dem großen Treppenabsatz überhaupt beleuchten und beschallen konnten. Mehr als eine einzige Steckdose war hier nicht vorhanden.
Am zeit seines Lebens technikbegeisterten Ludwig lag dieser Umstand sicher nicht. Der hätte – wäre er nicht viel zu früh gestorben – mit Sicherheit das gesamte Schloss elektrifizieren lassen, allein schon, um das Tischlein-Deck-Dich in seinem Speisezimmer per Knopfdruck rauf- und runterfahren zu kön-

nen. Und was hätte der Hightech-Freak Ludwig erst alles auf der Insel anstellen können, hätte er sein Schloss im 21. Jahrhundert gebaut! Wahrscheinlich würde er sich die Wagner-Festspiele per Satellit direkt aus Bayreuth auf einem riesigen Flatscreen im Spiegelsaal übertragen lassen, in HD und mit Dolby Surround, versteht sich. Im Park würde er mit einem gütigen Lächeln seinen als Schwäne verkleideten Rasenmäher-Robotern zusehen, und im Arbeitszimmer hätte er einen vergoldeten Tablet-PC stehen, auf dem gerade eine neue Twitternachricht vom Papst eingegangen wäre. Danach würde er vielleicht ein wenig unter dem Nickname »Cyber-Lou« mit den englischen Royals chatten und dann noch schnell ein Gedicht für die Sisi schreiben und es ihr als E-Mail schicken – oder, noch stilvoller, als SMSMS, Seiner Majestät SMS.

Schad, dass er nicht mehr lebt, dachten wir oft, als wir in seinem Schloss zu Gast waren. Beim Gespräch mit unseren Betreuern hatten wir ja ohnehin ständig das Gefühl, er könne jeden Augenblick um die Ecke kommen, so präsent war er. Und wer weiß, vielleicht hätte der König uns ein wenig mehr Freiheit gelassen als sie, die naturgemäß um die Erhaltung seines Erbes besorgt sein müssen. Vielleicht hätte er sich als erwiesener Frischluftfanatiker unser erbarmt und bei der manchmal im Schloss herrschenden Bruthitze eines der hohen Fenster im französischen Stil wenigstens einen schmalen Spalt weit öffnen lassen. Anders als unser Kastellan – der hatte Angst, es könne eine der geschützten Inselfledermäuse ins Schloss flattern und dann bis zu ihrem Hungertod nächtelang immer wieder die Alarmanlage auslösen und damit sämtliche Ordnungskräfte der Umgebung in Atem halten, von der Polizei bis zur Feuerwehr. Apropos Feuerwehr, der hätte der König vielleicht auch mal Bescheid stoßen können. Nicht, dass wir undankbar gegenüber einer fürsorglichen Bürokratie wären, sei sie nun in München beheimatet oder in Brüssel, aber dass die Priener Feuerwehr uns Jahr für Jahr mehr Männer in die Vorstellung setzte (und mit nicht gerade geringen Beträgen in Rechnung stellte), führte schließlich dazu, dass die Kosten für die Floriansjünger den Etat unserer Produktion stärker belasteten als sämtliche Künstlergagen zusammen. Ja mei, hieß es, da kann man nix machen. Die Brandschutzvorschriften sind halt verschärft worden. Kein Wunder, dass man da anfängt, sich nach dem Machtwort eines Monarchen zu sehnen: »Les Brandschutzvorschriften, c'est moi!«

Der Raddampfer, auf dessen Oberdeck wir immer noch sitzen, hat mittlerweile seinen Zwischenstopp an der Herreninsel beendet. Sämtliche vom Schlossbesuch noch sichtlich beseelten Asiaten sind an Bord, die Gangway aus Aluminium wird rumpelnd zurück auf den Steg gezogen, die Schiffssirene gibt ein kurzes Signal, die Schaufelräder beginnen, sich wieder zu drehen. Rückwärts paddelt der Raddampfer zurück in den See, wendet und nimmt Kurs auf die Fraueninsel, deren bullig wirkender Klosterturm rasch größer wird.

Auch wenn sie von ihrer Ausdehnung um ein Vielfaches kleiner ist als ihre große Schwester Herreninsel, drängen sich auf der Fraueninsel fast zwanzig mal mehr Einwohner, und an schönen Tagen kommt dazu noch mal ein Zigfaches an Touristen. Man spürt's, wenn man sich im Sommer auf schmalen Wegen im Menschenstau um die Insel quält oder im Dezember auf dem Christkindlmarkt in Ermangelung von freiem Platz kaum mehr sein Glühweinglas an den Mund bewegen kann. Von den Querelen der Inselbewohner untereinander – nimmt man die Nonnen des Klosters Frauenwörth einmal aus – kann man auch im fernen München hin und wieder in der Zeitung lesen: Wenn man zum Beispiel auf dem idyllischen Eiland jahrelang über den Neubau eines Stegs diskutiert oder dem Nachbarn den Seeblick nimmt, indem man ihm ein neues Haus vor die Nase setzt. Aber wer will so was den Insulanern denn wirklich verübeln? Bei jedem zusätzlich bebauten Quadratmeter klingelt die Kasse, denn die Mieten auf der Insel haben inzwischen Münchner Niveau erreicht.

Ebenso wie die Restaurantpreise drüben in Prien, wie wir beim Mittagessen kurz vor Antritt unserer Inselrundfahrt feststellen mussten. Wenn der Schweinsbraten in einer der Touristenabfütterungsanstalten am See wenigstens sein Geld wert gewesen wäre, würde man ja nichts sagen, aber das faserig-trockene Etwas, das man uns nach einer halben Ewigkeit mit geschmacksneutraler Packerlsoße und Gummi-Kartoffelknödel auf den Tisch pfefferte, mochten wir nicht mal für den Hund mitnehmen. Als der Kellner Helmut beim Abräumen die mutmaßlich ironisch gemeinte Frage »Hat's g'schmeckt?« stellte, antwortete der – zum ersten und bislang einzigen Mal in seinem Leben – mit einem lauten »Nein!« und bekam darauf prompt die von oberbayerischer Überheblichkeit strotzende Antwort: »Normal passiert des ned, aber jetzt hat's Eana halt amoi dawischt!« Kein Versöhnungsschnapserl, kein Kaffee umsonst, gar nichts – möglicherweise besser so.

Auf dieses Prien steuert unser Schiff jetzt am Ende der Rundfahrt wieder zu, und eines ist sicher: Zum Kaffeetrinken werden wir uns nicht noch einmal in die Fänge der Chiemgauer Gastronomie begeben. Obwohl, was den Niedergang der bayerischen Esskultur betrifft, ist man hier nicht allein. Der ist in ganz Bayern deutlich sichtbar und schmeckbar, nicht nur in seinen Fremdenverkehrsregionen.

Das geht schon mit der Brezn los, dem Münchner Biergarten-Grundnahrungsmittel und der urbayerischsten aller bajuwarischen Backwaren. Früher mussten die Bäcker um drei Uhr aufstehen, um die Teigstränge geschickt zu verdrehen, in die Lauge zu tauchen und dann mit genau der richtigen Menge Salz zu bestreuen, bevor es ab in den Ofen ging. Wenn man diese handwerklich hergestellten Kunstwerke nicht gerade einem heißen, trockenen Saharawind aussetzte, konnte man sie mindestens einen Tag lang frisch genießen.

Inzwischen haben die Rationalisierungsgenies der Unternehmensberatungen den Bäckern eingeredet, dass in Zeiten der

fortschreitenden Globalisierung die Qualität ihrer Betriebe nicht mehr an der Güte ihrer Brezen und Semmeln gemessen wird, sondern an der Dichte ihrer Filialnetze.
Seither schieben ungelernte Hilfskräfte Blech um Blech von in Rumänien oder Polen produzierten, mit Backchemie vollgestopften Teiglingen in ventilierende Heißluftöfen, welche die zu Backshops umfunktionierten Bäckereien ganz nebenbei in säuerlich riechende Dampf-Saunas verwandeln. Wie, wann und nach welchen Kriterien das Brezensalz auf diese meist recht unterschiedlich gebräunten Teigschlingen kommt, ist eines der letzten Geheimnisse unserer bis in den letzten Winkel enträtselten Welt. Mal sehen die Turbobrezen aus, als hätte die Weltgesundheitsbehörde im Zuge einer Kampagne gegen hohen Blutdruck jedes Salzkörnchen abzupfen lassen, mal könnte man mit einer einzigen von ihnen einen ganzen Kilometer Bundesstraße eisfrei machen. Immer aber fragt man sich bei ihrem Anblick, weshalb die Verkäuferinnen eigentlich Plastikhandschuhe tragen müssen, wenn sie solche Brezen in die Tüte stecken – kein Bakterium, das auch nur ein bisschen was auf sich hält, würde sich freiwillig auf einer dieser laugenbestrichenen Missgeburten ansiedeln.
Aber wen interessiert heute noch eine »gscheide« Brezn? Die bayerische Alltagskulinarik haben wir mittlerweile exklusiv ausgelagert an einen Fernsehkoch, der aus Brezen Knödel macht und Weißwürste paniert, weil's »nix Scheenas und nix Bessas gibt wia was Guads«, und dessen Konterfei man in Bayern heute öfter begegnet als dem Parkverbotsschild. Ganz gleich, ob Alfons Schuhbeck uns mit Bratwurst und Ingwer belegte Labbersemmeln als »McDonald's Hüttengaudi« schmackhaft machen will oder sich in unzähligen Kochshows als selbst ernannter weiß-blauer Küchenpapst geriert: Wo immer er auch seinen Kochlöffel schwingt, danach ist so gut wie jeder davon überzeugt, dass Lukullus seine üppigen Gastmähler nicht in Rom, sondern in Waging am See abgehalten haben muss. Dass es in ganz Bayern so gut wie kein Gasthaus mehr geben dürfte,

in dem die Kartoffelknödel noch selbst gerieben werden und dass das, was heute in der bayerischen Gastronomie direkt aus dem Großmarkt-Kübel als Kartoffelsalat auf die Teller kommt, zumeist jeder Beschreibung spottet, gerät im Glanz des Schuhbeck'schen Küchenzaubers zunehmend zum Randphänomen.

Aber was soll's? Hauptsach', mir bleib'n mir, unsere Seen haben immer genügend Wasser und unsere Berge sind auch weiterhin so schön wie die Kampenwand, die jetzt links von uns klar und fest vor einem weiß-blauen Bilderbuchhimmel steht. Die Seilbahnen, Skilifte, Schneekanonen, Mountainbike-Trails und Almstraßen, mit denen wir unsere alpinen Landschaften seit Jahrzehnten malträtieren, kann man aus der Ferne nicht sehen, und so entringt sich selbst unseren kritischen Lästerkehlen auf diesen letzten paar Hundert Metern bis zum Hafen von Prien-Stock ungewollt der klassische Bayernseufzer: »Mei, schee hamma's scho, bei uns dahoam.«
Bestünde doch nur die ganze Welt aus Chiemseen, Oberammergaus, Rupertiwinkeln und Fränkischen Schweizen – dieser Glaube ist uns Bayern quasi genetisch eingeimpft –, dann wäre sie um so viel besser, schöner und friedlicher, und alles Böse, Schlechte, Hässliche könnte in eine solche Welt nur von außen hineingetragen werden. Fast möchte man es glauben, zufrieden auf dem Deck eines alten Raddampfers sitzend, hoch über diesem wunderschönen See, der die wunderschöne Landschaft, die ihn umgibt, noch genauso wunderschön spiegelt, wie er es die ganzen 10 000 Jahre seit der letzten Eiszeit getan hat.

Zwischenstopp Kabarett: *»Des Scheiß-Blau«*

Ein Ausschnitt aus dem Programm *»Ludwig IV. – ein echter König geht nicht unter«*

(Otto Mayerhofer, als König Ludwig IV. zum neuen bayerischen Monarchen designiert, erscheint in einem mit bläulichem Staub verschmutzten Heimwerkerkittel am oberen Treppenabsatz des Rohbautreppenhauses, einer mächtigen Treppenanlage, deren Wände aus unverputzten Ziegeln bestehen. Die Zuschauer wurden vorher vom Hofhistoriker im letzten Punkt einer Schlossführung darauf hingewiesen, dass sie jetzt gleich das weltberühmte »Blaue Treppenhaus« betreten werden, ein Weltkulturerbe aus Gold und Lapislazuli. Der Anblick der kahlen Wände und des überall herumliegenden Werkzeugs erstaunt den Historiker ebenso wie die Zuschauer.)

OTTO MAYERHOFER:
Kruzifix, des Scheiß-Blau, des hab i Weihnachten no unter de Fingernägel drin. Bis i des ois herunten ghabt hab, des war richtig penetrantes Blau, so edelsteinartig.
Da bin i mit der Flex hi, aba da hod's ma scho de erste Flexscheibn aba scho so dermaßn zalegt, alles hi.
Dann hoob i den ganzen Schmarrn mi de Händ obameißln miaßn, jeden Quadratzentimeter von diesem Scheiß-Blau.
Keine Ahnung, was de damals für an Zement ghabt ham, des is wia hibetoniert gwesen. Und woaßt, greislich a, des blaue Liacht, da kimmst da vor wia in a Mischung aus Diskothek und Hallenbad. I woaß ned,

»Des derheizt du doch nicht!«

ob Sie des drübere Treppenhaus scho gseng ham, des is ja des Gleiche in Gold. Aba da hob i glei gsagt, des reiß i de Woch nimma raus.

Normalerweis holst da da a paar Polen, die reißen des raus in zwoa Dag, aba der Dr. Joos vom Innenministerium hat gsagt:

»Herr Mayerhofer, das können Sie vergessen. Als neuer bayerischer König haben Sie eine Vorbildfunktion, Schwarzarbeit kommt überhaupt nicht in Frage.«

»Bitte«, hab i gsagt, »dann mach i's halt selber.«

Und da drobn schaut's erst aus. A ganzer Saal voller Spiegel, wia a hundert Meter langs Bad ohne Waschbeckn, aba mit am Holzbodn. Da geht's ja scho o mit de Kronleichta. I woaß ned, mit was de de festgmacht ham, aba da kanntst an Elefanten drohänga, bevor de obakemman. Aba runter müaßn s', weil i ja de Deckn

abhänga muaß. Des muaß a Wahnsinnger gmacht ham – diese hohen Räume, des dahoazt doch koaner. Für an Adligen san so hohe Räume vielleicht as Höchste, aber i bin ja koa von und zu Wittelsbach, mir glangt zwoa Meter fuchzg Raumhöhe a.
Wissn S', da glangt's ma scho. Mog er vom Innenministerium sagen, der Herr Doktor Joos, der Großkopferte:
»Aber ich bitte Sie, Majestät, Sie müssen jetzt doch nicht mehr auf die Heizkosten schauen.«
»Ja freile«, hab i gsogt. »Erst verzockts ihr de Milliarden bei der Landesbank, und wenn dann der Staatsbankrott kimmt, dann hoaßt's, der König hoazt auf Herrenchiemsee as Geld zum Fenster naus.«
»Gell«, des hab i eam glei gsagt, »Herr Doktor Joos, hab i gsagt, i mach eich bloß an König, wenn i ned eier Kasperl bin. Eire Suppen kennts scho selber auslöffeln.«
(wendet sich ans Publikum)
I muaß sogn, anfänglich war des scho a schräge Gschicht. Da steht oana vor da Tür und sogt, er woar da wegen am neuen Königreich und so, da fragst di zuerst fei scho, ob des ned a Zeuge Jehovas is. Aber freile, guad, ma macht ja ois mid, ma mecht ja a koa Spielverderber sei.
Aber a Kreiz is scho, des konn i Eana sagn. Mit dene Schlösser. Hier geht's ja jetzt scho einigermaßen, aber i hab ja no zwoa am Hois. Des oane is total verbaut, des Linderhof da, da ham s' oiwei was weggrissn und wieder o'gstücklt und lauter so blöde Gartenhäusl hi'gstellt, wost ständig dahinterher sei muaßt, dass da koane Kinder 'neikemma oder Viecher und ois kaputtmachen.
Obwohl, de Grotte gfallt mir fei. Da brichst einfach a paar Fenster nei und scho hast a Super-Schwimmbad.

Aber des Neuschwanstein, von wegen stolze Feste. Des is de Vollkatastrophe. Guad, für a Postkarten is des vielleicht as Höchste, mit dene ganzn Türmerl und so. Aber richt des amoi ei.
Fahr amoi zum XXXXX-Lutz und sog zum Ottfried Fischer, i broach a runde Schrankwand und a achteckige Couchgarnitur fürn Burgfried in Neuschwanstein. Da sagt a aber nix mehr auf seim rotn Stuhl, von wegen, mehra sog i ned.
Na ja, da herin bin i jetzt erst amal fertig, aber duad ma leid, i muaß jetz weitermacha, i muaß no in da Küch den Disch z'amflexn. Des müaßn S' Eana amoi vorstelln, da is a riesige Eisenkonstruktion, bloß dass ma so an Disch sechs Meter aufe ins Speisezimmer fahrn ko. Tischlein deck dich, hoast des, ham s' gsagt, Tischlein deck dich, ja bin i im Märchen, oda wos? Den reiß i heit no naus und dann mach i Feierabend.
(geht unten ab)

Zwischenstopp Kabarett:

Ein verhinderter Wirt

Aus dem Programm »*Gamsbart Ahoi*«

(Das Rasthaus Felden taucht vor dem Fenster des Schiffes auf. Anton Siegfried, ein Gastronom im Landhaus-Look betritt den Salon.)

ANTON SIEGFRIED:
Da. Jetzt sieht man's. Des is's.
Ich hab's ja von vorneherein gewusst, dass des nix is.
Aber damals, wo die Amerikaner raus sind, aus der Raststätte Felden, hat man's mir ja auch angeboten.
»Wollen S' es, Herr Siegfried?«, ham s' gsagt.
Und natürlich habe ich mir's angeschaut.
Ich wäre kein Wirt, wenn ich mir so ein Objekt nicht anschauen tät.
A Raststätte an der Salzburger Autobahn is normalerweise eine Goldgrube!
Der von der Gemeinde hat mir des ja auch in den höchsten Tönen angepriesen:
»Die erste Reichsautobahnraststätte der Welt, Herr Siegfried, Überlegen S' Ihnen das einmal, was für ein Potenzial da drinsteckt.«
Kann scho sein, ein Potenzial auch, hab i gsagt, vor allem aber ein Graffl!
Sie werden noch nicht drin gewesen sein, aber da schaut's ja aus! Ein Kitsch, da is eine Hummelfigur ein abstraktes Kunstwerk dagegen.
(vertraulich)
Unter uns: Dieser Hitler, der muss ja vollkommen wahnsinnig gewesen sein. Wie ein Kunstmaler (!) so

einen Geschmack haben kann, is mir ein Rätsel. Mich wundert das nicht, dass der als Kunstmaler keinen Erfolg ghabt hat. Kronleuchter, Marmorsäulen, ein Rittersaal, a offener Kamin.

Wer baut in eine Autobahnraststätte einen offenen Kamin? Da kommen die Holländer-Kinder, denen is stinkfad von 14 Stund' Wohnwagen-Fahren, und zündeln rum. Der muss einen Vogel ghabt haben, der Hitler!

Des is eh ein gutes Stichwort, Vogel: In jedem Eck da drin san irgendwelche Adler! Ein Adler is doch kein Symbol für eine Autobahnraststätte. Da müsste man einen Zugvogel nehmen oder wenigstens einen, den man essen kann, eine Ente oder was, aber doch keinen Adler! Ein Viech, das sein Nest »Horst« nennt!! Ich sag ja zu meiner Wohnung auch nicht Adolf.

Aber das war dieser Fanatismus damals!

Er woaß, wie's geht! Der GröGaZ. Der größte Gastronom aller Zeiten! Verlegt einen Teppichboden im Schankbereich!! Widerlich!

Da kann ich gleich Schimmelpilz-Omelette auf die Speisekarte setzen, in so einer Raststätte mit Teppichboden vorm Tresen.

Aber da hast du keine Chance! Da sagt der Denkmalschutz: »Nein! Das darf nicht verändert werden. Der Teppichboden ist historisch.«

Klar, womöglich finden sich da sogar noch Exkrementen-Reste vom Führer seinem Schäferhund! Und ins Pissoir darf ich keinen Duftstein reintun, weil der da vor siebzig Jahren seinen Kräutertee 'neibieselt hat.

Jetzt einmal ehrlich: Einer, der Vegetarier is … und Nichtraucher, Antialkoholiker und nicht einmal einen Führerschein hat, darf so einer eine Autobahnraststätte bauen? *Des* is doch der Skandal!

So ein Objekt kommt für mich nicht in Frage!

Ich hätte ja nicht einmal eine Fritteuse in die Küche stellen dürfen! Wegen der historischen Holzdecke aus deutscher Mooreiche. Das sagen Sie einmal einem serbischen Fernfahrer, der zwischen Athen und Hammerfest nur eine 20-Minuten-Pause macht, dass er wegen der deutschen Mooreiche bloß wählen kann zwischen rohen Gelberüben und einem zerkochten Blumenkohl.
Für mich war der nicht ganz richtig im Kopf,
der Hitler.
Allein schon die Trassenführung von dieser Autobahn! Bloß damit er auf seinem Weg zum Obersalzberg am Chiemsee seine Zehen ins Wasser halten kann, bauen mir die Autobahn mitten durch'n Sumpf! Kost' ja nix.
Bis heute sackt des nach! Dann müssen s' wieder Brücken sanieren, und der Verkehr staut sich bis zum Inntal-Dreieck! Bloß wegen diesem Verbrecher! Kriminell is so was!
Nach mir die Sintflut und hinter mir der Stau! Des war dem seine Devise! Damals is wahrscheinlich auch der Witz entstanden: »Was ist der Unterschied zwischen der Autoschlange und der Klapperschlange? Bei der Autoschlange ist das Arschloch vorn.« Dieser Witz war in der Nazi-Zeit garantiert verboten!! Wegen subversiv und so.
Guad, jetzt ham s' es ja verkauft die Raststätte. Eine Rehaklinik ham s' draus gemacht. Musst auch erst einmal drauf kommen.
Aber ich hab damals schon gsagt, zu dem von der Gemeinde: Wissts was, machts doch eine Guido-Knopp-Erlebniswelt aus dieser Raststätte. Motto: »Hitlers Autobahnen – Ein zweispuriges Verbrechen!« Da hockts dann Zeitzeugen 'nei, die können erzählen: »Wir saßen von April bis September 39 bei Frasdorf

Reichsautobahnmonstrosität

im KdF-Wagen im Stau! Dann kam Gott sei Dank der Krieg.«
Des is was. Aber MICH lassts damit in Ruhe. Weil für mich ist das keine Autobahn-Raststätte, für mich ist das die missratene Antwort eines österreichischen Vegetariers auf das Schloss Herrenchiemsee!

Wenn Bayern reden …
Ein Exkurs über die bayerische Sprache

»Koost ruhig Boarisch mit mia re'n«
von Helmut Schleich

Es war einer jener schwülen Juliabende, an denen auch die aufziehende Nacht keine wirkliche Abkühlung bringt.
Die »Edeltraud« hatte gerade wieder im Chiemseehafen Prien angelegt, und der halbsekündige Stromausfall, eigentlich eine absichtliche Unterbrechung der Energiezufuhr, um auf Landstrom umzustellen, erzeugte bei mir ein unumstößliches Feierabendgefühl.
Gerade hatten wir wieder eine unserer »Gamsbart-Ahoi«-Kabarettfahrten auf dem bayerischen Meer hinter uns gebracht, und ich begab mich, reichlich dehydriert wie nach einem dreistündigen Saunaaufenthalt, in den unteren Salon des größten Chiemseedampfers.
»Dampfer« darf hier übrigens durchaus als Euphemismus gelten für ein 1974 gebautes 700-PS-Dieselschiff, das vielmehr den pragmatischen Charme eines schwimmenden Busses ausstrahlt als die mondäne Atmosphäre einer Art oberbayerischer »Titanic«, die dampfschnaubend neugierige Touristen dem leuchtenden Schloss des Märchenkönigs zuträgt.
Dennoch ist es ein Wohlfühlsalon, der sich da im Bauch der »Edeltraud« befindet. Für die Gegend auffallend unbayerisch gestaltet, kein wassertaugliches Zirbelstüberl mit Hirschgeweih und rot-weiß karierten Tischdecken, eher dem Frühstücksraum eines Geschäftshotels ähnlich, die Stühle bezogen mit Stoffen, die bald wieder modern werden könnten, die Tischplatten in Türkis gehalten, die Wände mit einem Mix aus weißen Flächen und Holzimitat-Balken, allerdings ohne die leiseste Anmutung von Fachwerk, und die Fenster in der Mitte quer geteilt, wie früher in der Eisenbahn, nur halt mit freiem Blick aufs Wasser.

All das ist in keiner Weise patiniert oder in die Jahre gekommen, nein, das Schiff ist erst frisch renoviert worden, nur eben von Freunden des Pflegeleichten, ein selten gewordenes Resopal-Dorado mitten im oberbayerischen Edelweiß-Kitsch.
Als ich also entspannt dasaß, in diesem Salon, mit meiner Feierabend-Halben und einem herrlich frischen warmen Leberkäs auf dem Teller samt Breze und süßem Senf, gab ich wohl ein allzu folkloristisches Bild eines bayerischen Urviechs der Spezies Spaßvogel ab, denn ich befand mich schnell und unverlangt in der Gesellschaft von Gästen, die mich derart und vor allem in einer Ausführlichkeit lobten, dass ich schon fast versucht war zu widersprechen, um die Huldigungen in irdischem Maß zu halten.
In solchen Situationen sozialer Notwehr falle ich jedoch immer in eine Art Duldungsstarre, sage artig: »Vielen Dank, das freut mich sehr« oder Ähnliches und hoffe, dass die bewundernde Belagerung schnell vorbeigeht.
So auch dieses Mal. Und es schien zu wirken. Das vom eigenen Lob erregte Gesicht des Wortführers, der mich wie in einem mimischen Würgegriff fixiert hatte, schien sich etwas zu entspannen – um nach einer Kunstpause spitz nachzuschieben: »Koost ruhig Boarisch mit mia re'n.«
Meine nachgeschobene Einlassung, ich würde halt so reden, wie ich rede, hätte ich mir genauso gut schenken können, denn der Damm war schon gebrochen.
Von »Glaabst mir verstengan di ned« über »Boarisch is doch a scheene Sproch« bis zu »Do bei uns wead Boarisch g'red« reichten die Texte, die nun in einer Art Heimatkunde über mich ausgeschüttet wurden und die schnell in den Verdacht mündeten, ich könne wahrscheinlich gar kein richtiges Bayerisch mehr, hätte mir nur das nötige Bühnen-Bayerisch angelernt, schließlich käme ich ja aus München, und da gäbe es ja schon lange keine Münchner mehr.
Zur Sicherheit wurde noch ein kleiner Vokabeltest hinterhergeschoben, der von »Oachkatzlschwoaf« bis »Mistpritschn« alles

umfasste, was mein eingeborenes Gegenüber für identitätsstiftend und ursprünglich hielt. Die Auswahl der Vokabeln war ungefähr so originell, wie wenn man einem professionellen Schüttelreimer den ausgetretenen Bergspruch »I gang so gern auf d'Kampenwand, wenn i mit meiner Wamp'n kannt« als Geheimtipp an die Hand geben will.

Ich kontere derartige Einbürgerungstests gerne mit dem Wort »Fitriojeji«, was ins Deutsche übertragen »Vitriolöl« heißt und das alte Wort für »Schwefelsäure« ist. Das überfordert den Landhausbayern dann meist und der Lokalchauvinismus hat ein Ende.

Ich gebe zu, nicht zuletzt durch den landeseigenen Fernsehsender ist das Kabarett in Bayern Teil der Folklore geworden, aber die Fassungslosigkeit darüber, dass ein bayerischer Kabarettist privat nicht so redet, als wären seine Hauptansprechpartner oberbayerisches Fleckvieh und sein Horizont der nächstgelegene Misthaufen, ist schon erstaunlich.

Der Schwabe Theo Waigel hat einmal gesagt, die Oberbayern sähen Bayern als einen eigenen Kontinent an, der mit seinen Nachbarn nicht viel zu tun haben wolle. Ich glaube jedoch, es ist eher eine eigene Welt, in der sich die Oberbayern sehen, eine heile noch dazu, eine perfekte, reine, gute und makellos schöne, in der alles Böse von außen kommt und von Nicht-Bayern wie ein Virus eingeschleppt wird. Und gläubig, wie sie sich gerne geben, halten sie es frei nach Matthäus (nicht Lothar, sondern dem Evangelisten) und denken sich: An ihren Worten sollt ihr sie erkennen.

»Koost ruhig Boarisch für mi schrei'm«
von Thomas Merk

Ein harter Schnitt. Vom Chiemsee an einen norwegischen Fjord. Ich erinnere mich an ein Erlebnis in einem jener riesigen norwegischen Supermärkte, wo ich im Kühlregal nach dem Milchkarton der staatlichen Molkerei Tine greife, ihn in meinen Einkaufswagen stelle und erst an der Kasse erschreckt feststelle, dass ich statt Milch Molke gekauft habe: Auf dem Karton, der täuschend echt seinen bisher auf dieser Reise gekauften Brüdern ähnelt, steht plötzlich nicht mehr »melk« – Milch –, sondern »mjölk«, was ja wohl Molke heißen muss, oder?
Nein, heißt es nicht. Und es handelt sich auch nicht um einen versehentlich durch die Endkontrolle geschlüpften Exportkarton für ein skandinavisches Nachbarland. Ich bin lediglich in die norwegische Sprachenfalle getappt, was in einem Land, das sich seit über hundert Jahren den Luxus von zwei Landessprachen leistet, schon mal vorkommen kann. In der einen Landessprache – »bokmål« genannt – heißt Milch »melk« und in der anderen, »nynorsk«, wird sie »mjölk« genannt.
Wie kommt's? Ganz einfach. Als 1814 im damals noch zu Dänemark gehörenden Norwegen eine nationale Bewegung aufkam, wurde rasch klar, dass ein eigener Staat auch eine eigene Sprache braucht. Und weil in dem seit vielen Jahrhunderten mit Dänemark zwangsvereinigten Norwegen eine solche nicht mehr existent war, machten sich zwei Sprachwissenschaftler ans Werk und erfanden – unabhängig voneinander – jeder eine eigene Landessprache. Der eine suchte in entlegenen Fjorden die letzten Reste norwegischer Dialekte zusammen und mischte daraus sein Neu-Norwegisch, der andere norwegisierte das damals im Land gesprochene Dänisch, indem er Vokale veränderte und sich eine neue Grammatik ausdachte.
Hochinteressant, aber was hat das alles in einem Diskurs über das »Boarisch Re'n« zu suchen? Nun ja, manchmal wünsche ich mir, nicht nur in dieser Hinsicht übrigens, eine Norwegisie-

rung Bayerns. Dass jemand loszieht und aus den immer stärker schrumpfenden Resten unserer Dialekte ein Bayerisch zusammenbraut, eine verbindliche bayerische Schriftsprache, in der wir bayerischen Autoren uns besser äußern können als in der wilden Speisekarten-Orthografie unfreiwillig komischer, vor Auslassungszeichen strotzender Lautumschreibungen, die uns aus Brauchtumskalendern und den einschlägigen »Gedichtbüch'ln« (warum nicht »Gedichtbüach'ln« oder »Gedichtbiacheln«?) entgegenschlägt.
Und ich hätte auch nichts dagegen, wenn wir Bayern uns als norwegischer als die Norweger erweisen und gleich fünf, sechs, sieben »Bayerische« erfinden würden – ein bayerisches Bayerisch, ein fränkisches Bayerisch, ein schwäbisches und ein Oberpfälzer Bayerisch und dann gleich noch ein paar Reserve-Bayerische für besondere Stämme, Fälle und Gelegenheiten.
Ob ich dann »melk« und »mjölk« mit »Muich«, »Milli« oder »Meich« übersetzen würde, das müssten ein bayerischer Duden und eine noch zu gründende »Académie bavaroise« entscheiden.
Koost ruhig Boarisch für mi schrei'm …

Ente gut, alles gut – Recherche auf der Wiesn

»I sog nix«
Die erste Biografie über Gerhard Polt

»Sein Leberkäs Hawaii« ist sprichwörtlich geworden, keine Adventszeit vergeht ohne »Nikolausi« und »Osterhasi«, und Sketche wie »Mai Ling« sind Kult zwischen Hamburg und München. Gerhard Polt, der scheue Privatmensch, spielt die Menschen, die in der ersten Reihe sitzen, und diese klatschen sich vor Vergnügen auf die Schenkel. Dabei gestaltet er sich zur Kunstfigur Polt. Mit seinen Kabarettprogrammen, Theaterstücken und Filmen zählt Polt zu den Großen seiner Zunft.

Gerd Holzheimer, seit Anfängen mit dem Werk vertraut, erforscht den rätselhaften »Kosmos Polt« auf einzigartige Weise. Selbstverständlich »mit enormem Respekt«.

Gerd Holzheimer
Polt

256 Seiten mit 44 Abbildungen, ISBN 978-3-7844-3287-8

Langen*Müller* www.langen-mueller-verlag.de

Das große Zimmerschied-Lesebuch

Reißwölfe und Diddihasis, der Ihobs und der Scheißhaussepp – alle Highlights aus den letzten fünfzehn Jahren abgründiger Kabarett- und Sprachkunst des Passauer Solitärs finden sich hier versammelt: Zum Nachlesen, Neulesen, in wohlgeformter Adaption – für dies- und jenseits des Weißwurstäquators.

»Der vielleicht radikalste Kabarettist der vergangenen 35 Jahre heißt Sigi Zimmerschied. … Er war der Vorreiter eines aufs Individuum abzielenden Typenkabaretts, das die immer oberflächlicheren Politpossen der Ensembles ablöste, und er ist noch heute ein aufklärerischer Solitär in Zeiten des unterhaltenden Konsumkabaretts.«

Oliver Hochkeppel, Süddeutsche Zeitung

Sigi Zimmerschied
Die Stachelbeersträucher
von Saigon

288 Seiten, ISBN 978-3-7844-3325-7
auch als Hörbuch:
1 CD, ISBN 978-3-7844-4261-7, Langen*Müller* | **Hörbuch**

Langen*Müller* www.langen-mueller-verlag.de